내 나이가
어때서?

65세 안나 할머니의 국토 종단기

내 나이가 어때서?

2005년 8월 5일 초판 1쇄 발행. 2021년 5월 18일 초판 14쇄 발행. 황안나가 쓰고, 이홍용과 박정은이 기획 편집하여 펴냈으며, 이강혜가 마케팅을 합니다. 표지 디자인은 디자인 비따에서, 본문 디자인은 양경화가 하였습니다. 인쇄는 수이북스, 제본은 성화제책에서 각각 하였습니다. 출판사 등록일 및 등록번호는 2003. 2. 11. 제25100-2017-000092호이고, 주소는 서울시 은평구 은평로3길 34-2, 전화는 (02) 3143-6360, 팩스는 (02) 6455-6367, 이메일은 shantibooks@naver.com입니다. 이 책의 ISBN은 978-89-91075-21-5 03800이고, 정가는 12,000원입니다.

이 도서의 국립중앙도서관 출판시도서목록(CIP)은 e-CIP홈페이지(http://www.nl.go.kr/ecip)와 국가자료공동목록시스템(http://www.nl.go.kr/kolisnet)에서 이용하실 수 있습니다.(CIP제어번호: CIP2010003307)

65세 안나 할머니의 국토 종단기

내 나이가
어때서?

황안나 지음

【샨티】

책을 내면서

무던히도 많이 다녔다. 그 많은 산들과 그 많은 길들, 사람의 넋을 빼앗는 산그리메에 미쳐 아들 결혼식을 마친 그날 저녁에도 산을 올랐으니. 무엇이 내 등을 떠밀기라도 하는 것처럼 늘 내 곁엔 꾸려진 배낭이 놓여 있다. 그러다 어느 날 불쑥 2천 리 길을 걸었다.

무한한 자유와 성찰의 기회를 선물로 안겨준 국토 종단을 마치고 돌아온 어느 날, 샨티출판사에서 메일이 날아왔다. 처음엔 난감했다. 고작 23일간의 기록을 가지고 어떻게 책을 낸단 말인가! 게다가 글을 써본 경험도 별로 없는 내가. 그런 내게 마음 편하게 이야기하듯 써달라는 말에 솔깃해져서 그만 수락을 했다. 국토 종단과 함께 살아온 이야기를 담아달라는 의견에 동의했다. 쓸 수 있을 것 같았다! 주어진 시간도 충분했다. 힘든 삶을 살아왔기에 가슴속에 응어리진 것들을 다 털어내고 싶기도 했다. 종단 이야기를 씨줄로, 살아온 이야기를 날줄로 엮어 쓰기 시작했다.

그러나 시간이 흐를수록 만만치가 않았다. 마치 어려운 수학 문제를 숙제로 받아놓은 아이처럼 낑낑댔다. 컴퓨터 앞에 앉아 턱에 손을 괸 채 한 손으로는 게임을 하고 앉았기 일쑤였다. 지나온 시간을 대면하고 그것을 글로 풀어낸다는 일이 국토 종단만큼이나, 아니 그보다도 더 어려웠다.

애써 만들긴 했지만 여러모로 미흡하고 부끄러운 책이다. 마치 변변치 못한 못난 자식을 세상으로 내보내는 기분이다. 정말 그 동안 샨티출판사 분들께 엄청 많은 심려를 끼쳤다. 더할 수 없이 죄송한 마음과 잘 다듬어주신 것에 깊은 감사를 드린다.

먼길을 걸으며 많은 사람을 만났고 많은 도움을 받았다. 잔뜩 긴장하고 경계하는 마음으로 길을 나섰건만 세상은 나를 무장 해제시켰다. 더 넉넉하게 나를 열어놓아도 좋다고 가르쳐주었다. 처음 본 나를 집으로 데려다 재워준 광주의 양업비 님, 지치고 배고팠던 내게 맛있는 밥과 차와 이야기로 대접해 준 '숲 속의 새 둥지' 카페와 월정사 전통 찻집, 노안의 식당, 봉포항의 '아리랑반점' 아주머니들, 임실 덕치우체국의 김세정 아가씨, 월악산의 문화유산해설사 차기남 님, 남원에서 달려와 저녁을 사주고 국토 종단길을 자세히 알려준 박진태 청년, 편히 묵게 해주고 삶의 지표도 생각하게 해주신 박이두 원장님, 항아 님, '들꽃풍경' 카페지기 들풍 님 부부, 하루도 빠짐없이 전화를 걸어 격려해 준 파아란 아우님, 비산체험학교의 은선 씨 부부, 산악회 종순과 길동이, 용곤이 아우, 정성스레 밥을 지어 먹여준 친구 일현이, 몸이 불편해 함께 걸을 수는 없었지만 마음으로 함께 한 친구 현조와 민자, 청자…… 어디 이뿐이랴. 차를 세워놓고 껌 하나 건넨 사람도, 손가락으로 '브이' 자를 해 보이며 응원해 준 이름 모를 사람들까지도 지친 내 발걸음에는 얼마나 큰 도움이 되었는지 모른다. 블로그와 카페에 달아주신 여러분들의 격려 답글도 두고두고 읽어보며 감사한 마음을 간직할 것이다.

글 중간중간에 넣은 사진 덕에 책이 훨씬 보기 좋게 되었다. 내 어설픈 솜씨로 찍은 것도 있지만 대부분 아들과 여행중에 만난 친구들이 찍어준 것이다. 그들 모두에게 고마움을 전한다.

삶이 버거워 힘들어하는 이들에게, 또 뭔가를 시작하지 못하고 멈칫거리고 있는 분들께 부족하나마 이 책이 용기를 줄 수 있다면 좋겠다. 끝으로 이해와 사랑으로 지켜봐 주고 격려를 아끼지 않은 남편에게 이 책을 바친다.

2005년 여름 부평에서
황안나

차례

통일전망대(13)
거진(12)
고성 봉포(11)
속초
양양(10)
구룡령
오대산 상원사(9)
진부(8)
평창(7)
영월
제천(6)
월악산(5)
조령(4)
문경(3)
상주(2)
영동(4월 1일)
무주(31)
진안(30)
임실(29)
순창(28)
담양(27)
광주(26)
나주
영암(25)
월출산(24)
강진(23)
해남 남창(22)
해남 땅끝(3월 22일)

땅끝

모든 여자의 꿈은 혼자 길 떠나는 것

여자 홀로 긴 머리카락을 날리며

기차에서 내리는 모습은

생각만 해도 가슴 저려오는 매력으로 느껴진다.

비행기 창가에 혼자 앉아 책을 읽으며

커피를 마시는 여자도 역시 아름답다.

바닷가를 혼자 거닐며

생각에 잠겨 있는 여자의 모습도 그림처럼 멋지다.

이런 연출을 기대하면서

여자는 혼자서 여행을 떠나고 싶어한다.

모든 여자의 영원한 꿈은 혼자 여행하는 것이다.

아무리 사랑하는 사람이 있어도

둘이 하는 여행과는 달리

혼자 떠나고 싶은 여행에 대한 충동이 더 크다.

여자는 고독한 모습으로 존재할 때가 아름답기 때문이다.

여자의 깊은 가슴속에는 항상 메워지지 않는 빈자리가 있다.

부모도 형제도 사랑하는 사람도 메워줄 수 없는 자리……

가을이나 겨울 같은 어떤 특정한 계절이 아니라

모든 계절과 계절 사이, 마음의 울렁임을 따라

영원히 혼자 떠날 수 있는 여행을 꿈꾸면서 산다.

그러나 늘 가방을 꾸리기만 한다.

태어나서 엄마의 감시를 받으면서 요조숙녀로 자라나

겨우 어른이 되어 마음대로 행동하게 되었구나 했을 때

한 남자를 만나 결혼하게 된다.

그 뒤 세월이 좀 지나면 아이들이 태어난다.

아이들은 더 작은 눈으로 짠 그물이 되어서 여자를 조인다.

움직이면 움직일수록 더 강하게 조여드는

결박의 끈으로 여자의 인생을 송두리째 묶어놓고 만다.

잠시도 문 밖으로 나갈 수 없게 만든다.

나중엔 못 나가는 것인지 안 나가는 것인지

그 구분마저 애매하게 된다.

결국 아이들이 커서 어른이 된 날

여자는 모든 그물에서 해방된다.

그때 자기 자신을 돌아보면

이미 오십이 가까워진 나이가 되어 있음을 발견한다.

그땐 여자가 홀로 가방을 들고 기차에서 내려도

아름답게도, 매력적으로도 보이지 않는다.

청승맞고 초라해 보일 뿐.

아무도 그 여자에게 말을 걸고 싶어하지 않는다.

어디로 가는지 무슨 생각을 하는지 전혀 알려 하지 않는다.

말하자면 누구의 관심도 눈길도

끌 수 없는 여자가 되어버린 나이에야

겨우 모든 그물에서 해방되는 것이다.

그렇게 되면 여자는 아무데에도 가고 싶어지지 않는다.

무슨 옷을 입고 나서야 남의 시선을 끌 수 있을까.

백화점에도, 이름난 디자이너의 옷가게에도 몸에 맞는 옷은 없다.

젊고 아름다워 보이는 옷을 집어보지만

그런 디자인의 옷은 몸에 맞질 않는다.

좋은 옷 입고 밖으로 나가고 싶었던 시간이

다 지나가 버렸구나 하는 생각이 든다.

그렇지만 이제부터야말로 여자는

자기 자신으로 돌아갈 수 있는 시간이 된 것이다.

이제까지 놓친 시간이 아무리 길고 아깝다 해도

그건 생각하지 말기로 한다.

잊어버리기로 한다.

지워버리기로 한다.

영화 〈아웃 오브 아프리카〉……

가냘픈 허리에 기다란 스커트를 입고

긴 머리칼을 되는 대로 틀어 올리고 기차에서 내린다.

황야를 달려온 속도 없는 기차에서 내리면

그 여자는 새롭고 낯선 아프리카의 공기를

몸으로 느끼며 주위를 살핀다.

사람이 산다는 것은 그렇게 자기가 존재하고 싶은 자리에

자기 자신을 놓아두는 것이다.

무엇이 나를 얽매고 있는 것인가!

　어느 날 우리 나라 지도를 펴놓고 들여다보다 어디로든 떠나보
고 싶다는 생각이 들었다. 그것도 하루 이틀 걸리는 곳이 아닌 아
주 먼 길로 여행을 떠나고 싶었다. 한번 그런 생각이 들자 검불에

불붙듯 떠나고 싶은 갈망으로
가슴이 들끓었다. 끝없이 이
어져나간 먼지 이는 황톳길도
디뎌보고, 남녘의 보리밭이며
마늘밭도 보고, 산과 강들을
만나며 우리 나라 땅을 내 발로 지치도록 걸어보고 싶었다.

　동물도 죽을 때가 되면 귀소 본능이 살아난다는데 칠순이 낼모
레인 나도 고향(개성)의 시골길이 생각난 것일까? 물론 그것만은
아니었다. 그날이 그날인 생활에서 일탈도 해보고 싶었다. 그리고
더 이상은 왠지 미룰 수 없을 것 같았다. 그래서 결정한 것이 국토
종단이었다. 우리 나라 저 남쪽 끝에 있는 해남 땅끝마을부터 통일
전망대까지 2천 리 길, 800킬로미터의 그 길을 걷기로 했다.

　그런데 막상 떠나려니 집에 혼자 있게 될 남편이 마음에 걸렸다.
혼자서 밥해 먹고 빨래해 입으면서 회사 일도 해야 할 텐데. 게다가
혼자 간다고 하면 안 보내줄 게 뻔했고, 또 보내준다고 해도 혼자
보내놓고 얼마나 걱정을 할까 싶었다. 그러나 '지금'이 아니면 또
언제 떠나랴. 고민 끝에 산악회 회원 두 명과 같이 간다고 했더니
걱정 말고 다녀오란다. 정말 정말 고마웠다. 두 아들과 며느리에게
만 혼자 가는 걸 알리고 아버지한테는 말하지 말라고 단단히 일러
뒀다.

예상 경비도 만만치 않았다. 40일을 예정하니 숙식비를 포함해서 하루 4만 원씩 총 160만 원, 넉넉잡아 200만 원을 준비했다. 간단한 비상약과 기초 화장품, 갈아입을 옷, 비상 식량, 우산, 지도 등을 꾸리니 배낭 무게가 12킬로그램이나 되었다.

출발 날짜를 언제로 할지 고민하고 있을 때, 인천산악회에서 3월 21일에 광주 무등산을 간다는 소식이 왔다. 등반 뒤에 해남으로 내려가면 되겠다 싶어 그에 맞춰 계획을 짰다.

광주로 내려가는 차 안에서 무엇 때문에 이 먼길을 혼자 떠나려하는지, 정말 내가 혼자 해낼 수는 있을지 하는 생각들이 꼬리에 꼬리를 물었다. 그러나 '산다는 것은 자신이 원하는 자리에 자기를 놓아두는 일'이지 않은가? 나는 나를 격려했다. 그래, 한번 해보자!

봄볕 가득한 길을 그렇게 걷기 시작했다. 종단 첫날은 해남 남창까지 갔다. 다음날은 강진을 지나고, 영암에선 새벽 월출산을 올랐다. 이른 새벽 월출산은 온통 내 것이었다. 샘물과 꽃, 새 소리, 기암괴석, 바람과 운무가 모두 나만을 위해 있었다. 산길을 오르면서는 고백성사를 했다. 이 나이를 먹도록 살아오면서 무슨 짓은 안 했으랴! 나도 모르게 눈물이 흘렀다. 그리고 내게 상처 줬던 사람들에 대한 미움도 한 꺼풀 벗겨낼 수 있었다. 혼자 걷는 길은 그렇게 묵상을 선물로 안겨줬다. 자연은 나를 발가벗게 했고, 걷는 일은 나를 정직하게 대면하도록 했다.

"여보, 우리 아파트 화단에 벚꽃이 피었어. 꽃 다 지기 전에 돌아와요!" 하는 남편의 전화에 가슴 뭉클한 날도 있었다. 이런 날이면 남편이 울컥 보고 싶어졌다.

하루에 보통 30~40킬로미터씩을 걸었다. 나주, 광주, 담양, 임실, 무주, 상주, 월악산, 제천, 평창, 오대산, 명개리, 드디어 구룡령에 도착했다. 구룡령에서 마중 나온 남편을 만났다. 세 명이 함께 떠난 줄 알고 있던 남편은 혼자 올라오는 나를 보자마자 와락 끌어안으며 "여보! 내가 당신한테 뭘 잘못했는데 이런 짓을 한 거야?" 하며 목놓아 울었다. 나도 울었다. 백발이 성성한 노부부가 고개 위에서 서로 끌어안고 우는 모습은 진풍경이었으리라.

그렇게 구룡령을 넘고 양양, 속초, 거진을 지나 도보 여행 시작 23일 만인 4월 13일, 고성 통일전망대에 도착했다. 원래 계획보다 보름이나 앞당겨진 일정이었다. 가족과 친구들이 나와 반겨주었다. '들꽃풍경'(http://cafe.daum.net/DLFLScenery) 카페지기인 들풍 님의 배려로 민간인은 걸어서 통과할 수 없는 민통선을 군인 한 사람 대동하고 들어설 때의 그 감격이란! 나는 보무도 당당하게 들어갔다. 그런데 통일전망대에 발을 들여놓는 순간, 그만 눈물이 흘렀다. 아득히 펼쳐진 바다…… 그리고 끝없이 둘러쳐진 철조망을 바라보니 내 생전에 저 철조망이 걷히기는 힘들 거란 생각이 들었다. 통일이 되었더라면 나의 걸음은 계속되었으리라.

이제…… 긴 여정이 끝난 것인가? 아니다. 길이 끝나는 곳이 어디 있으랴. 길 끝나는 곳에 또 길이 있는 것을. 언제나 끝은 또 다른 시작이지 않은가.

종단하면서 제일 힘들었던 것은 걸레처럼 부르트고 너덜너덜해진 발바닥의 아픔이 아니라 해질 녘 낯선 거리에 서서 무거운 배낭을 짊어지고 오늘은 어디에서 자야하나를 생각할 때였다. 매일 밤 맞이하는 그 낯섦이라니…… 하루하루가 무의미했던 생활에서 누구나 일탈을 꿈꾸어 보지만 막상 떠나보니 내 집이, 내 남편이 그렇게 그리울 수가 없었다. 한결같이 기다려 주는 곳, 나의 베이스 캠프가 있기 때문에 떠남이 가능한 것이다. 돌아올 곳이 없는 자에게는 진정한 떠남도 있을 수 없을 테니까.

종단을 마친 뒤, 남편은 내가 어떤 길을 어떻게 걸어갔는지 차로 함께 떠나보자고 했다. 종단 일정에 맞추느라 미처 들르지 못해 아쉬움이 남는 곳들도 들러 구경하고 오자고 했다.

내가 첫 아이 임신했을 때, 어느 중국집 앞을 지나면서 본 물만두가 그렇게 먹고 싶을 수가 없었다. 그때 남편이 내 손을 꼭 쥐면서 말했었다.

"내가 이 담에 돈 많이 벌면 사줄게."

물만두 한 접시도 못 사먹을 만큼 우린 가난했다. 첫애를 낳고 그 애가 군대를 제대할 때까지 남편의 사업은 계속 실패했고, 나는 교직 생활을 하면서 20여 년을 빚만 갚고 살았다.

이제는 뭐든 사달라면 사줄 수 있는 영감이 되었는데, 이젠 내가 갖고 싶은 것도 없고, 먹고 싶은 것도 없고, 뭘 입어도 어울리지 않는 나이가 되었다. 이런 산전수전 다 겪은 오늘에서야 6일간의 뒤늦은 신혼 여행을 떠난 것이다. 내가 걸었던 그 국토 종단의 길을 따라.

"걷는다는 것은 산다는 것과 동의어일지 모른다"는 신광철 시인의 시구가 떠오른다. "두 팔의 어긋남과 두 발의 어긋남의/ 연속이 걷는 모습이다/ 불연속적이면서도 이어지는/ 팔과 다리에서/ 삶은/ 그리 만만치 않은 것을 느낀다/ 그래, 어긋남의 반복이 삶이었구나/ 흔들리면서/ 한 방향으로 가는 것이었구나."

'누구의 관심도 눈길도 끌 수 없는 여자가 되어버린 나이에야 겨우 모든 그물에서 해방되는' 이런 어긋남의 반복이 삶인가. 경제적인 여건은 허락되지만 더 이상 먹고 싶은 것도, 입고 싶은 것도, 가지고 싶은 것도 없는 이런 어긋남의 연속…… 그 어긋남 속에서 흔들리며 나는 어느 방향으로 흘러왔을까? 23일간의 짧다면 짧고 힘들었다면 힘들었던 시간 동안 나는 어쩌면 나의 그 '한 방향'을 만나고 싶어했는지도 모르겠다. 홀로 서서 나를 마주보며 말이다.

종단을 마치고 돌아오니 누군가 내게 묻는다. 그런 일을 또 할거냐고. 난 여전히 나를 마주하는 시간을 갖기 위해 떠날 거라고 대답했다. 그 한 방향을 만나기 위해, 그 한 방향을 한 발 한 발 만들어가기 위해.

* 프롤로그 첫 부분에 있는 시는 내 마음을 그대로 옮겨놓은 듯해 인터넷에서 다운받아 실은 것이다. 누구의 작품인지 몰라 이름을 밝히지 못했다.

'지금'이 없는 사람에겐 '내일'도 없다

3월 21일(일) 광주 무등산~해남

아침 6시 반. 산악 회원들은 버스 두 대에 나누어 탔다. 난 2호 버스에 탔다. 가는 내내 산악회 아우들과 즐겁게 얘길 나눴다.

"누님이 삼사십대에만 종단을 떠나셨더라도 참 좋았겠어요."

내가 너무 늦은 나이에 국토 종단을 하게 되니 걱정도 되고 불안하기도 했으리라. 내 나이 예순 다섯, 종단을 하기엔 좀 벅찰 수도 있긴 할거다. 그렇지만 나는 말했다.

"야, 난 지금이 적기다!"

그렇다. 내겐 바로 '지금'이 가장 적당한 때인 거다. '지금'을 살지 못하는 사람에게 '내일'이 있을 수 있을까? 무엇보다 늦었다고 생각하기엔 내 속에 들끓고 있는 열정이 너무 세고 벅차다.

내가 좋아하는 이야기 중에 이런 이야기가 있다.

고깃배 옆에 느긋하게 누워 있는 어부와 어느 사업가의 대화이다. 담뱃대를 물고 여유 있게 먼 바다를 바라보고 있는 어부에게 사업가가 묻는다.

"왜 고기를 안 잡는 거요?"

"오늘 잡을 만큼은 다 잡았소."

"왜 더 잡지 않소?"

"더 잡아서 뭘 하게요?"

"돈을 벌어야지요. 그러면 배에 모터를 달아서 더 깊은 바다로 나가 고기를 더 많이 잡을 수 있잖소. 그렇게 되면 나일론 그물을 사서 고기를 더 많이 잡고 돈도 더 많이 벌게 되지요. 당신은 곧 배를 두 척이나 거느릴 수 있게 될 거요. 아니, 선단을 거느릴 수도 있겠군. 그러면 당신은 나처럼 부자가 되는 거요."

"그런 다음엔 뭘 하죠?"

"그런 다음엔 느긋하게 인생을 즐기는 거지요."

"지금 내가 뭘 하고 있다고 생각하시오?"

"……"

그렇다. 나 역시 내일을 담보로 오늘을 희생하고 싶지 않다. 무

내일을 담보로 오늘을 희생하고 싶지 않다. 무엇을 하기에 '오늘' 은 가장 적합한 때! 지금이 아니면 도대체 언제 자신이 원하는 것을 해본단 말인가! 쉼이 필요하다면 지금 쉬고, 여행이 필요하다면 지금 떠날 일이다.

엇을 하기에 '오늘'은 항상 가장 적합한 때이다. '지금'이 아니면 도대체 언제 자기가 원하는 것을 해본단 말인가!

인천산악회의 정기 산행이 있는 오늘 새벽, 무거운 배낭을 메고 현관문 앞에 서니 남편은 예의 그 따뜻한 목소리로 "잘 다녀와요" 한다. 나도 모르게 눈시울이 화끈해진다. 지난 한 해 동안 나는 40여 개의 산을 올랐다. 2박 3일의 지리산 종주도 여러 차례, 무박 산행, 야간 산행, 암벽 등반도 마다하지 않았고, 눈 오면 눈 오는 대로 비 오면 비 오는 대로 산행을 감행했는데 그럴 때마다 기꺼운 마음으로 "잘 다녀오라"고 격려해 준 남편이다.

나는 왜 '산' 소리만 들어도 몸이 부르르 떨리며 발바닥이 근질 근질한지 모르겠다. 그러니 어쩌겠는가, 떠나는 수밖에. 40년 가까운 교직 생활을 마치고 명예 퇴임을 한 다음 날, 나는 여느 때처럼 출근 준비를 서둘렀다. 씻고 머리 빗고 얼굴에 로션 바르고 옷을 골라 입으려다가 나는 내가 퇴임한, 이제는 더 이상 출근할 곳이 없는 사람임을 깨달았다. 순간 눈물이 핑 돌았다. 우울해졌다. 내 존재감을 어디에서도 찾을 수 없을 것 같은 심정이었다. 그러나 나는 이틀 만에 그 칙칙한 분위기를 털고 일어나 운동을 시작했다. 그리고 그때부터 산엘 다녔다.

산과 만난 지 올해로 8년째. 지금은 산에 중독된 사람마냥 쏘다 닌다. 죽어서 묻혀 있어도 누가 "산에 가자!" 하면 벌떡 일어날 것 같다.(무덤은 산에 있으니 그냥 누워 있으면 되나?) 그동안 '남사시러 버서' 말을 안 해 그렇지 언젠가는 태풍 온다는 소식과 함께 폭우가 쏟아지는데도 비 쫄딱 맞아가면서 하팔당댐 근처에 차를 놔두고는 예봉산(5코스)을 올라서 점성산을 지나 수종사가 있는 운길산까지 산 셋을 연달아 넘었다. 그러고 나서 집에 돌아온 날 밤 자정에 또다시 배낭을 꾸렸다. 아름산악회 그룹 산행으로, 밤새도록 차를 몰아 포항까지 간 뒤 거기서 배를 타고 울릉도 성인봉을 올랐다.

이럴 때에도 싫은 내색 없이 나를 따뜻한 눈으로 바라보며 잘 다녀오라고 한 남편이다. 그러니 배낭을 멘 내가 현관에 서 있고, 그런 나에게 남편이 인사하는 장면을 꽤나 여러 차례 연출했다는 얘긴데 이번엔 그 느낌이 사뭇 달랐다. 남편에게 눈물을 보이지 않으려고 잘 다녀오겠다는 말도 못한 채 돌아서서 나왔다.

산악회 후배들과 이런저런 얘기를 나누다보니 광주다. 일요일이라서 그런지 산행 인파가 넘쳐난다. 높이를 헤아릴 수 없고 견줄 상대가 없어 등급을 매길 수 없다는 뜻의 무등산無等山. 광주와 영욕榮辱을 함께 해온 무등산은 산세가 웅장하면서도 아름답다. 특히 입석대, 서석대, 광석대를 무등산의 삼대석경이라 일컫는다.

우리는 증심사, 장불재, 규봉, 입석대, 서석대, 늦재, 원효사 코스로 올랐다. 그러나 정상엔 오르지 못했다. 군부대가 주둔해 출입이 통제된 탓이다. 정상을 올려다보기만 하고 하산할 수밖에 없었다.

27

아쉬운 마음에 몇 번이나 뒤를 돌아다보았는지 모른다.

길을 잘못 든 일행들을 기다리느라 오후 5시가 넘어서야 출발했다. 혼자 해남으로 내려가야 하는 나는 버스가 끊길까봐 조바심이 났다. 마침, 문종순 아우의 친구 내외가 와서 버스 터미널까지 태워다준 덕에 해남 행 버스를 탈 수 있었다. 처음 보는 분들에게 신세를 졌다.

떠나기 전, 산악회 아우들은 영양제에 음료수에 간식거리까지 챙겨주었고, 문희 아우는 예쁜 포스터까지 그려 가지고 와서 격려를 해주었다. 내가 탄 차가 움직이자 길 양편으로 도열해 서서 장도를 빌어주었다. 숱한 산행들을 함께 하며 동고동락하다보니 혈육 같은 정이 든 사람들이다.

해남 행 버스에 올라 자리를 잡고 앉으니 밖은 어느새 어둠이 밀려들고 차창엔 후두후둑 빗물이 부딪친다. 어둠이 내려 까만 유리창에 늙고 지친 내 얼굴이 비쳤다. 그 얼굴에 대고 말했다.

"넌 해낼 수 있어! 겁내지 마!"

옆자리에 앉은 할머니 한 분이 "으디까지 가요?" 하고 말을 건네온다. 땅끝마을까지 간다고 하니 거기 누굴 찾아가느냐고 다시 묻는다. 얘기가 길어질 것 같아 그냥 "그렇다"고만 대답했다. 창가에 턱을 괴고 어두워서 보이지도 않는 밖을 내다보면서 다시 생각에 잠긴다.

'나는 왜 혼자서 이 먼길을 떠나려 하는가? 무엇이 나의 등을 떠미는가!'

나를 길 위에 서게 한 건 물론 그 누구도 아닌 나 자신이다. 그러나 두렵고 불안했다. 스스로를 또 한 번 격려했다.

'그래, 해낼 수 있어. 문제 없다구!'

그래도 자꾸만 눈물이 울컥울컥 솟는다. 지금껏 많은 여행을 혼자 다녔지만 이번 도보 여행은 그 느낌이 많이 다르다. 여행 플래너인 큰며느리가 함께 하겠다고 했지만 그것도 뿌리쳤다. 주부가 한 달여 동안 혼자만의 자유를 누리기가 어디 쉬운 일인가. 걷고 싶을 때 걷고, 쉬고 싶을 때 쉬고, 마음가는 대로 먹고 자고…… 그야말로 나에게 주어진 무한 자유를 놓치고 싶지 않아 며느리의 제안을 고맙지만 사양했다. 나는 혼자 걸으며 살아온 날도 정리하고, 살아갈 날도 생각해 보고 싶었다.

그런데 자유로운 만큼, 딱 그만큼 외로워지는 건가보다. 물론 여행만 그런 건 아닐 게다. 그러니 자유를 누리자면 고독과 쓸쓸함도 함께 견딜 줄 알아야 할 것이다. 이번 여행을 통해 자유와 쓸쓸함을 실컷 맛보자, 실컷 즐기자 생각하며 다시 한 번 나를 다독인다.

해남에 도착하니 땅끝마을 가는 버스는 이미 끊겼단다. 속상하기도 하고 난감하기도 했다. 여기서 자면 내일 땅끝마을까지 간 뒤에 출발해야 하니 일정에 차질이 생길 텐데…… 그러나 어쩌겠는

가. 하는 수 없이 잘 곳을 찾아 두리번거리는데 큰애 내외한테서 전화가 왔다. 《동아일보》에 실을 기사를 찾아 영광에 취재를 왔는데 해남으로 오겠단다. 아들은 사진을, 며느리는 글쓰는 일을 하는데 이렇게 둘이 늘 전국 방방곡곡으로 취재를 다닌다. 얼마나 반갑고 기쁜지 기다리는 시간이 지루하지 않았다.

애들이 도착해 함께 저녁을 먹었다. 밥 한 그릇을 맛있게 비우고 나서 비 오는 밤길을 달려 땅끝마을에 도착했다. 마을은 어둠에 가려 잘 보이지 않고 모텔들만 군데군데에서 빛을 밝히고 있다. 푸른 모텔. 이름이 왠지 마음에 들어서 들어갔다. 큰 온돌방을 얻어 아들 며느리랑 같이 묵었다. 아들은 나침반을 주며 방향과 지도 보는 법을 가르쳐준다. 며느리랑은 밤늦도록 머리를 맞대고 내가 갈 길을 지도 위로 따라가 보았다. 애들은 마음이 안 놓이는지 자꾸만 이것저것 주의를 준다. 오후 6시 이후엔 걷지 말 것, 숙소를 정하면 반드시 숙소 이름과 호실과 전화 번호를 알려줄 것 등등.

어느새 애들은 잠이 들고, 나는 밤늦도록 잠을 이루지 못하고 있다. 내일부터 혼자 떠나는 머나먼 길이 불안하기도 하지만 한편으로는 미지의 길에 대한 기대와 설렘이 나를 뒤척이게 한다.

이제 정말 혼자다

3월 22일(월) 해남 땅끝마을~해남 남창

일찍 눈이 떠졌다. 그러나 애들이 피곤해할 것 같아 기척을 내지 않고 더 누워 있었다. 8시쯤 같이 일어나 준비를 마친 뒤, 아들 차로 '땅끝탑'으로 갔다. 주위가 조용하고 아침 공기는 신선하다. 바다를 내려다보니 바다 가운데 꼭 여자애 모자같이 생긴 작은 섬이 보인다. 안개가 끼여 있어 그런지 내 기분 탓인지 풍경들이 몽환적으로 다가온다.

이곳이 땅 끝인가! 이 땅 끝에서 머나먼 2천 리 길의 첫발을 내딛는다고 생각하니 설레기도 하고 비장하기도 하다. 길 위에서 나는 무엇을 보고 무엇을 듣고 어떤 사람들을 만나게 될까? 무엇이 나를 기다리고 있을까? '땅끝탑' 앞에서 잠시 마음속으로 빌었다.

작별을 하려니 며느리 눈에 금방 눈물이 고인다. "손을 놓으면 어머니 혼자 먼길을 떠나시는데 어찌 손을 놓느냐"며 내 가슴에 안겨 펑펑 운다. 나도 같이 눈물을 흘렸다. 좀처럼 눈물을 보이지 않는 아들 눈자위도 젖었다.

국토 종단을 무사히 끝낼 수 있기를!

며느리가 내 신발 바닥을 카메라에 담았다. 종단을 하고 나면 신발도 헤져 있으리라. 이제 헤어질 시간이다. 작별을 하려니 며느리 눈에 금방 눈물이 고인다. 내 손을 차마 놓지 못하고 내 가슴에 안겨 펑펑 운다. 나도 같이 눈물을 흘렸다. 좀처럼 눈물을 보이지 않는 아들 눈자위도 젖었다.

나는 애써 웃으며 손을 흔들어주고는 돌아서서 걸음을 옮겼다. 등뒤로 애들 눈길이 따라오는 걸 느끼며 걸음을 재촉했다. 구불구불한 길을 돌고 돌아서 산모롱이를 돌아 고개 마루턱에 올라서서 돌아보니 아들 차가 멀리 하얗게 햇볕을 받아 반짝이고 있다. 애들 모습도 아스라이 조그만 점으로 보인다. 휴대폰으로 전화를 걸었다.

"왜 서 있어? 어서 가! 빨리 가라구!"

"네, 어머니!"

전화 거는데 목이 메인다.

이제는 애들도 보이지 않는다. 정말 나 혼자다. 차도 별로 다니지 않는 텅 빈 길은 봄볕만 가득하다. 길 오른쪽으로는 그림 같은 푸른 바다가 펼쳐져 있고, 왼쪽 길가엔 동백꽃이 흐드러졌다. 가까운 산에는 진달래가 만발해 온통 분홍색 천지다. 도보 여행 첫날의 코스가 말할 수 없이 아름다운 절경이다. 그런 길을 걸으며 왠지 눈물이 나서 좀 울었다.

　나는 사범학교 6년 내내 학교까지 오가는 30리 길을 걸어다녔다. 철도 공무원이었던 아버지의 힘으로 6남매를 전부 교육시키기란 힘에 부치는 일이었을 것이다. 그래서 아버지는 내가 초등학교 6학년 때 입버릇처럼 말씀하셨다. 사범학교(초등학교 교사를 양성하던 6년제 교육 기관)에 들어가면 공부를 계속 시키지만, 떨어지면 아예 학교를 안 보내시겠다고. 지금 생각해 보면 정말 그러실 생각은 아니었던 것 같다. 그래도 난 그때 결사적으로 공부에 매달려 여자 차석으로 춘천사범 병설중학교에 들어갔다. 그때 아버지께서는 약주를 드시고 지나가는 사람들에게 우리 딸이 사범학교에 들어갔다고 자랑을 하셨다.

　우리는 아버지 월급날이면 한 줄로 나란히 무릎 꿇고 앉아 학비와 용돈을 받았다. 그러나 필요한 걸 채 받기도 전에 봉투는 늘 바닥이 났다. 그러니 학교까지 오가는 30리 길을 사범학교 6년 내내 걸어다닐 수밖에 없었다. 비가 와도, 눈이 오고 바람이 불어도, 한여름 땡볕 속에서도 걸었다. 찻길 옆으로 걷다보면 군인들을 가득 태운 차가 지나가기도 했는데, 짓궂은 군인들이 던진 건빵에 얼굴을 맞은 적도 있었다. 꽤나 아팠지만, 뭐라고 한마디 대꾸도 못하고 고개 숙인 채 걷기만 했다.

　사범학교 졸업을 앞두고 나는 무슨 생각에서였는지 개근상을 탄다는 게 창피한 일처럼 느껴졌다. 그래서 일부러 하루 결석을 했다. 사춘기 소녀의 가당찮은 객기였지 싶다. 어쨌든 그렇게 걸어다닌 것이 오늘 이렇게 국토 종단을 할 수 있는 밑거름이 되지 않았을까 싶기도 하다.

사구마을을 지나다 보니 길옆이 바로 바다다. 맑은 바닷물에 발을 담가보고 싶었다. 잠시 양말을 벗고 바닷물에 들어갔다. 차고 시원한 느낌이 온몸에 퍼진다. 햇살을 받은 바다는 눈부시고, 시간은 멈춘 듯한 느낌이다. 편안함과 여유가 잔잔한 파도처럼 밀려온다.

눈을 가느스름하게 뜨고 먼 바다를 바라보았다. 내게 주어진 40일간의 자유를 누릴 생각에 가슴이 벅차다. 오늘은 남창까지만 가기로 했으니 서두를 것도 없다. 30분 가량을 쉬었다. 그 사이 지나는 사람은 한 명도 없다.

밀려왔다 밀려가는 파도처럼 살아온 날의 그림이 한 장 한 장 펼쳐졌다 사라진다.

지난해 가을, 바이칼 호수 안에 있는 알혼 섬에서 바라보던 바다(실제로는 호수지만 워낙 넓어 현지 사람들은 모두 '바다'라고 부른다. 세계에서 가장 넓고 깊은 담수호다)가 생각났다. 이른 새벽, 혼자 일어나 어둠이 채 가시지 않은 마을을 지나 바이칼 호수가로 내려갔다. 멀리 닭 울음소리가 들렸고, 호수엔 물안개가 자욱했다. 거기서 난 마음 한 자락 내려놓는 경험을 했다.

나이 마흔에 큰아들이 결혼 이야기를 꺼냈을 때 나는 뛸 듯이 기뻤다. 궁금한 마음에 며느리 될 여자에 관해 이것저것 물었다. 그런데 아들의 이야길 듣고 있자니 영 마음에 들지 않았다. 지금껏 한 번도 부모 말을 거역해 본 일이 없는 마흔 살의 아들. 그가 선택한 짝이었지만 그래도 마음 문이 쉽게 열리지는 않았다.

아무리 생각해 봐도 내가 생각해 온 며느릿감이 아니었다. 며느리의 나이가 아들보다 한 살 위인데다(내 아들 나이 많은 건 생각 않고. 아들 가진 이 세상 어머니들은 다 이럴까? 나도 그 범주에서 벗어나지 못했다!) 몇 년 전 취재차 인천에 왔을 때 본 첫인상도 작용했을 텐데 몸이 너무 약해 보였다.

그러나 시간을 끌면 끌수록 모자간의 상처만 깊어갈 것 같아 고민 끝에 만남의 자리를 마련했다. 아들의 마음을 돌리기도 쉽지 않겠지만, 결국엔 각자 자기들의 인생을 살아가는 것 아닌가 하는 마음으로 결혼도 승낙했다.

결혼을 앞두고 며느리는 캐나다로 20여 일을 떠나 있게 되었고, 그 아이가 돌아오는 날 나는 몽골을 거쳐 바이칼로 떠나게 되어 있었다. 미처 친해질 새도 없이 결혼식을 올리게 될 것 같았다. 그래선 안 될 것 같아 며느리가 캐나다에 있는 동안 하루도 빠짐없이 이메일을 보냈다. 결혼을 반대했던 이야기도 솔직하게 털어놓았다. 그러면서 우린 급속도로 가까워졌다.

그럼에도 여전히 남는 아쉬움이 있었던가보다. 새벽 안개에 둘러싸인 바이칼 호숫가에 앉아 있자니 눈물이 쏟아졌다. 얼마나 울었을까. 한참을 눈물바람을 하고 나니 가슴속에서 글귀 하나가 슬며시 올라왔다. 법정 스님의 글이었던가.

"빈 마음, 그것을 무심이라고 한다. 빈 마음이 곧 우리들의 본 마음이다. 무엇인가 채워져 있으면 본 마음이 아니다. 텅 비우고 있어야 거기 울림이 있다. 울림이 있어야 삶이 신선하고 활기 있는 것이다."

내 마음속엔 무엇이 들어차 있었나? 아들에 대한 사랑, 아들이 행복하길 바라는 마음…… 순수하게 그것만 있었다 하더라도 그것 역시 빈 마음은 아닌 것이다. 그러니 본 마음도 아닌 것이다. 그리고 그 행복이라는 것 역시 나의 기준에 따른 게 아닌가.

나는 아들이 선택한 사람을 며느리로 받아들이기로 마음먹었다. 아니, 받아들인다는 것조차 내가 받아들일 자격이 있다는 착각과 교만에서 나온 표현임을 곧바로 인정했다.

바이칼 호수에 내 눈물로 소금기를 더하고 몸도 마음도 가벼워져서 돌아왔다. 내가 바이칼 여행에서 돌아오던 날, 공항으로 며느리가 마중을 나왔다. 나를 보자마자 두 팔을 벌리고 다가왔다. 마주 다가가 한참 동안 깊은 포옹을 나눴다. 며느리의 조가비같이 작은 손을 잡고 있자니 오랫동안 함께 살아온 딸처럼 느껴졌다. 머릿속

판단을 내려놓기만 하면, 마음 한 자락 바꿔먹기만 하면 이렇게 삶이 가벼워지는 것을.

지금쯤 땅끝마을을 벗어나 원래 목적지였던 영광으로 가고 있을 아들 내외가 생각난다. 자신들이 선택한 삶을 즐겁고 용기 있게 살아가는 모습이 보기 좋은 부부다. 그저 고마운 일이다.

아이들 결혼할 때 주례를 맡았던 교수님이 "신랑 신부가 주례 부탁하러 왔을 때 이미 할 이야긴 다 했으니 오늘은 여러 손님들 앞에서 결혼 후 어떻게 살 건지 서로에게 하는 다짐을 발표하라"고 했었다. 우리 아들, "이 세상 다하는 날까지 사막엘 가든 북극엘 가든, 이 세상에 물이 있는 한 매일 아침 아내에게 커피를 타주겠습니다"라고 해서 하객들을 웃겼다. 수돗물 철철 넘쳐도 에미한테는 커피 한 잔 안 타준 놈이! 그때 생각을 하니 피식 웃음이 난다.

다시 배낭을 메고 일어서는데 어디서 나타났는지 강아지 한 마리가 쫄랑쫄랑 따라온다. 꽤 예뻤을 하얀 강아지가 꼴이 말이 아니다. 안돼 보여 치즈를 하나 꺼내줬더니 게 눈 감추듯 먹어치운다. 치즈 먹은 값(?)을 하려는지 점프를 하고 뒹굴면서 재롱을 떠는데 하는 꼴이 귀엽다.

그런데 이곳부터는 차가 많이 다니는데 강아지가 길을 건너갔다 건너왔다 하니 문제다. 놀란 운전자들이 차를 세우고는 "개 간수 잘 하라"고 야단을 친다. 미칠 노릇이다. 강아지는 쫓아도 가지 않고, 차는 계속 달리니 위험하기 짝이 없다.

하는 수 없이 길 아래 보리밭길로 들어섰다. 강아지도 따라 내려
온다. 꽤 자란 보리밭 사이로 강아지의 하얀 귀가 남실남실 보이는
모양이 왠지 우습다. 길이 없어져서 다른 길을 찾아 올라서면 저도
따라 올라서고, 다시 내려가면 저도 내려가고…… 그렇게 강아지
와 영전마을까지 걸었다.

구멍가게에서 물과 아이스크림을 사서 나무 그늘에 앉아 쉬면서
먹었다. 가게 이름을 보니 '영전백화점'이다. 슬며시 웃음이 난다.
'백화점' 주인 아주머니가 어딜 가는데 개까지 데리고 가느냐고 묻
는다. 강원도까지 걸어서 간다니까, "워매, 머땀시 그딴 일을 하
요? 아들이 속 쎅이는 갑소" 한다. 아니라고 했더니 이번엔 영감이
속 썩이냔다. 아니라고 해도 무슨 사연이 있는 할망구로 보는 게 틀
림없다. 하긴 어떤 할망구가 그 먼길을 혼자 걸어서 간담!

오후 4시, 남창에 도착해 모텔로 들어섰다. 강아지는 하는 수 없
는지 문 밖에 쭈그리고 앉는다. 모텔 방에선 침침하고 퀴퀴한 냄새
가 난다. 어쩐지 방 값을 깎아주더라니.

그래도 더운물에 샤워를 하니 한결 낫다. 저녁은 식당이 너무 멀
어 건빵과 치즈, 사과 한 알로 대신했다. 창 밖으로 내다보니 어둠
이 내리는 모텔 문 앞에 강아지가 희끄무레하게 보인다. 그나저나
저 강아지를 어쩐다지?

오늘은 땅끝마을에서 남창까지 25킬로미터를 걸었다. 마냥 놀면서 천천히…… 며느리한테 전화를 걸었다. 잘 도착했다고.

이제 첫날인 거다.

걸은 구간: 해남 땅끝마을 - 해남 남창
걸은 시간: 5시간 30분
이동 거리: 25킬로미터
쓴 돈: 물 1,000원, 아이스크림 500원, 우유 500원, 숙박비 20,000원, 모두 22,000원

할머니 PC방 가다

3월 23일(화) 해남 남창~강진읍

밤새 밖에 있었을 강아지가 걱정되어 새벽 5시에 깼다. 세수를 하고 나서 배낭을 챙겨 메고 서둘러 나가 보니 강아지가 없다. 이름도 지어놨는데. 해남에서 만나기도 했고, 수놈 같아서 '해남이'라고. 그런데 이 놈이 어디로 갔담. 끈을 매서든, 배낭에 얹혀서든 같이 갈까 궁리도 해봤는데…… 막상 보이지 않으니 섭섭도 하고 걱정도 됐다. 물론 2천 리 길을 어찌 같이 갈 수 있을까만 서운한 마음에 자꾸 주위를 살피며 걸었다.

조금 걷자니 갓길도 좁은데다가 대형차들이 어찌나 빨리 달리는지 모자가 홀렁 벗겨져 날아갔다. 모자를 붙들어 매며 강아지가 없는 게 다행이라고 금세 생각을 고쳐먹었다. 차가 달려오면 길옆으로 붙어 섰지만 몸이 오그라드는 것 같다. 운전자가 깜빡 졸다가 차가 옆으로 달려드는 건 아닌가 하는 생각에 무섬증마저 든다.

모텔에서 출발해서 20분쯤 걸으니 길은 가팔라지고 숨이 차다. 땀이 콧잔등에 맺힐 즈음 쇄노재 고갯마루에 도착했다. 기사 식당에 들어가 5천 원짜리 백반을 시키니 조기찌개에 열여섯 가지나 되는 반찬을 내온다. 반찬 하나하나가 맛있어서 뚝딱 해치우고는 나중에 준 눌은밥까지 싹싹 비웠다. 자판기 커피도 한 잔 마시고 나니 속이 든든하다.

오전 8시 15분, 무거운 배낭을 다시 둘러메고 식당을 나섰다. 시간이 흐를수록 배낭이 무겁게 느껴진다. 어깨도 아프다. 발바닥도 어느새 부풀은 듯 아파 온다. 9시에 강진군에 들어섰다. 북일초등학교와 신전초등학교를 지나 도암초등학교 앞이다. 오랫동안 학교 생활을 한 탓인지 학교만 보면 고향에 찾아든 듯 마음이 평안하다. 수업중인지 운동장은 조용하다. 운동장에 있는 작은 그네에 앉아 몸을 맡기고 조금씩 흔들어보았다. 살랑살랑 움직이는 게 편하고 좋다.

내가 1959년도에 사범학교를 졸업하고 첫 발령을 받아 간 곳이 강원도 홍천군 서면 반곡초등학교다. 사방이 벚나무로 둘러싸여 있어 봄이면 학교가 꽃구름에 묻혀 있는 듯한 작고 아름다운 학교였다. 그곳에서 시작한 교직 생활을 인천 계양구 화전초등학교에서 1998년 8월에 퇴임했으니 39년 6개월을 한 셈이다. 난 다시 태어나도 교단에 서고 싶을 만큼 그 일이 좋았다. 지금도 찾아오는 제자들이 있다. 그런데 참 이상하게도 공부 잘했던 우등생보다 속 썩히고 공부도 지지리 못하던 놈들이 찾아온다.

어느 교실에선가 들려오는 풍금 소리를 뒤로하고 다시 길 위로 나선다. 도암면 석문리를 지나면서 이정표를 보니 다산초당이 4킬로미터다. 멈춰 서서 잠시 망설였다. 거길 다녀오려면 왕복 8킬로미터를 걸어야하는데 발은 이미 부르터 아프고…… 서운하지만 엄두가 나질 않으니 다음을 기약해야겠다.

지도를 들여다보니 강진 길은 18번 국도다. 지금까지 운전하고 다니면서도 몰랐던 것을 이번 종단을 앞두고 알게 된 것이 하나 있다. 표지판의 번호가 홀수는 남북 방향, 짝수는 동서 방향이란 걸. 그러니까 강진은 서쪽에서 동쪽 방향이다.

1시 30분, 호산 삼거리를 지나 강진 시내에 들어섰다. 발바닥이 너무 아파서 연고를 산 뒤 PC방엘 들어갔다. 그간의 소식도 전할 겸 이메일 온 것은 없는지 궁금해서 들어갔는데 문 옆에 있던 청년이 날 보더니 "사장님은 시방 3층에 계신디요잉" 한다. PC방을 들어가려면 주인 허락을 받아야 하나? 고개가 갸웃거려졌지만 주인이 3층에 있다니까 하는 수 없이 아픈 다리를 끌고 3층으로 올라가서 사장님을 찾으니 이번엔 2층 오락실에 있다고 한다. 또다시 2층으로 갔더니 거기도 안 계신단다. 다시 1층 PC방으로 가서 사장님 아무데도 안 계신다고 하니까 나를 아래위로 훑어보더니 묻는다.

"그란디 사장님은 왜 찾으신다요?"

"네? 인터넷 하러 왔는데요."

그 청년, 나를 다시 한참 훑어보더니 저쪽 구석자리로 데려간다. 자리를 정해 주더니 가지 않고 지켜 섰다. 왜 그러냐고 물으니 그제서야 제자리로 간다. 웬 할머니가 들어서니까 설마 할망구가 인터넷 할 리는 없고 사장 손님쯤으로 생각했나 보다. 하긴 중학생들만 들끓는 PC방에 나 같은 할머니가 올 리 없겠지. 옆자리에 앉은 학생들이 흘깃흘깃 바라보며 와글대는 속에서 이메일 읽고 답장 쓰고 카페에 올라온 글 읽고 나도 글 올리고 하다보니 두 시간이 금세 지나갔다.

내가 컴퓨터를 배운 건 10년쯤 전이다. 학교에서 컴퓨터를 사용하는 교사가 그리 많지 않을 때였다. 그러니 담임을 배정할 때도 학년 일을 위해서 컴퓨터 다룰 줄 아는 젊은 교사를 한 학년에 한 명씩 배정했다. 새 학년이 되면 학급 명부를 만들어야 하는데 10여 학급의 것을 한 선생에게 부탁하려면 여간 미안한 일이 아니었다. 게다가 칸이 너무 좁거나 글씨가 너무 크거나 해서 맘에 들지 않아도 다시 해달라 소리도 못한 채 쓸 수밖에 없었다.

답답한 마음에 일주일에 두 시간씩 컴퓨터 개인 지도를 받아 한

큰아들네가 사준 디지털 카메라는 내겐 분에 넘치는 것이다. 조작법을 익히기도 전에 떠났으니 다양한 기능도
내겐 별 소용이 없다. 그래도 담아두고 싶은 모습들은 정성껏 찍어본다.

달 만에 워드를 마쳤다. 그 뒤로는 젊은 교사들 것까지 죄다 입력해서 갖다주었다. 좋은 시 150편을 선정해 입력하고, 그림까지 넣어서 시집을 만들어 선생님들께 선물한 적도 있다. 컴퓨터와 인연을 맺고 난 뒤 천리안에 가입해서 메일도 쓰고 글도 올리면서 점점 재미를 붙여갔다. 지금은 블로그를 만들어 신나게 운영하고 있다. 아마 내가 끝까지 젊은 교사들한테 부탁만 하고 살았더라면 지금까지도 컴퓨터는 배우지 못했을 것이다.

주변에선 내가 뭘 배운다고 하면 "그걸 뭐 하러 배우세요?" 하고 묻는다. 내 나이에 그걸 배워서 어디에 써먹겠냐는 뜻이다. 운전을 배울 때도 그랬다. 쉰 살이 넘어 운전을 배우려니까 주변 사람들은 물론 식구들까지 말렸다. 남편이 필기 시험만 붙으면 실기는 직접 가르쳐준다고 했는데, 그 말은 내가 아예 필기 시험조차 붙지 못할 거라고 생각해서 한 말인 듯싶다. 오기가 나서 서울에서 인천으로 통근하는 전철 안에서도, 밥을 하면서도 교재를 들여다보며 공부했다. 결국, 같은 날 응시한 사람 가운데 98점이라는 최고 점수와 함께 박수까지 받았다.

그렇게 식구들의 반대를 무릅쓰고 따낸 운전 면허가 아주 요긴하게 쓰이고 있다. 무엇보다 다리가 불편하신 아흔 살 되신 어머니를 병원에 모시고 갈 때나 매주 어머니를 뵈러 시골에 갈 때면 운전을 배워두길 참 잘했다는 생각이 든다.

어느 팔십 노인이 그랬단다. "내가 이 나이까지 살 줄 알았다면 예순 살에 운전 면허 따는 건데……" 이 사회는 사람들을 너무 일찍 늙게 만들고 있다는 생각이 든다. 20대에 제 갈 길을 찾지 못하면 큰일이라도 날 것처럼, 30대에 뭔가를 이루지 못하면 실패한 인생처럼, 40대엔 새로운 뭔가를 시도조차 할 수 없는 듯이 말한다. 50대에 들어서면 "내 나이에 뭘!" 이런 식이다. 새로운 것을 배우고 시도하는 일에 두려움을 갖도록 만든다. 좌충우돌하기도 할 테지만, 거기에서 얻게 될 살아있는 지혜에 대해서는 관심을 두지 않고 말이다.

물론 나이 들어 새로운 걸 배우기는 쉽지 않다. 아무래도 젊었을 때보다 느리고 어렵다. 그렇지만 배우는 속도가 느릴 뿐 배로 노력하면 되지 않는가? 나는 무엇을 배울 때, 그것을 당장 써먹는다는 생각은 하지 않는다. 그것을 배우는 동안 기분 좋은 긴장과 삶의 생기를 맛볼 수 있으니 그것만으로도 충분하다. 그러다가 목표를 달성해서 성취감까지 맛볼 수 있게 된다면 자신감 또한 얻으니 배움을 게을리 할 필요는 없지 않은가. 내가 좋아하는 말 중에 "영원히 살 것처럼 배우고 내일 죽을 것처럼 살라"는 말이 있다. 이런 마음가짐이 아니고서는 배움에 관대해지기가 어렵지 싶다. 이번 종단 길도 주변에서 극구 말렸다. 그러나 이것 역시 나에겐 또 다른 배움의 길이다.

PC방에서 쉬었다 일어나니 다리가 더 아프다. 원래는 강진에서 영랑 생가를 찾아볼 생각이었다. 그러나 발이 너무 아파서 한 걸음 한 걸음 떼어놓을 때마다 신음 소리가 절로 나왔다. 그러니 영랑 생가고 뭐고 따질 계제가 아니다. 절뚝이며 식당을 찾아갔는데, 혼자인 걸 보더니 두 손 홰홰 내저으며 식사가 안 된다고 한다. 다른 사람들은 먹고 있는데…… 내 꼴이 거지꼴이었는지 몰라도 기분이 엄청 나쁘다. 아니, 진짜 거지라도 그렇지.

여기저기 둘러보다가 자그마한 식당에 들어가 갈비탕 한 그릇 먹고는 지친 몸으로 모텔을 찾아 들었다. 시간도 5시를 향하고 있으니 오늘은 그만 걷는 게 좋을 것 같다. 양말을 벗어보니 발바닥에 온통 물집이 잡혀서 마치 물 담아 놓은 비닐 주머니 같다. 뜨거운 물에 10분 담갔다가 다시 찬물에 10분 담그는 게 부르튼 발을 치료하는 데 좋다는 말이 떠올랐다. 우선 뜨거운 물에 푹 담그니…… 으~! 너무 쓰리고 아프다. 혼자 있으니 엄살 부려봐야 소용도 없고, 이만 앙 다물었다. 샤워를 한 다음, 티셔츠와 양말을 빨아 널었다. 티셔츠는 빨아 짠 다음, 모텔에 비치해 둔 수건에 말아서 다시 짜면 보송보송하게 마른다. 해외 여행 때에도 이런 방법으로 내의를 빨아 입었다.

물집이 잡힌 발바닥을 실 꿴 바늘로 찌르니 물이 주르르 흐른다. 가로로 세로로 찔러서 실을 꿰어놓았다. 이렇게 하면 밤새 물이 실을 타고 흘러나온다. 방바닥을 디딜 수가 없을 만큼 아파서 뒤꿈치로 걸어다녔다. 인어공주가 다리를 얻은 뒤 발걸음마다 아팠다더니 이렇게 아팠을까?

큰애한테 전화를 했다. 애들과의 약속이었다. 숙소를 잡고 나면 반드시 전화할 것! 그만큼 혼자 떠난 엄마가 걱정스러웠으리라. 침대에 몸을 던져 누우니 집 생각이 절로 난다. 혼자 있을 남편 생각도 난다. 미안하고 안됐다. 집에 가면 잘해 줘야지!

걸은 구간: 해남 남창 – 북일 – 석문 – 강진 호산 삼거리 – 강진읍
걸은 시간: 10시간(쉰 시간 포함)
이동 거리: 32킬로미터
쓴 돈: 아침 밥 5,000원, 물 2병 1,000원, PC방 2,000원, 발 연고 3,000원, 음료수 · 과자 · 율무차 2,500원, 저녁 밥 5,000원, 숙박비 25,000원, 모두 43,500원

워매, 워치케 내 것을 내가 사?

3월 24일(수) 강진읍~월출산 경포대

7시 모텔 출발. 오늘은 월출산을 넘을 계획이다. 강진 시내를 벗어나서 다산사거리를 지나 성전 방향으로 가는 도중 길이 자꾸만 헷갈렸다. 고속도로와 국도가 나란히 있는데 지나는 사람도 없고 물을 데도 없어 두 번이나 길을 잘못 들었다. 밥 먹을 만한 곳도 없어서 치즈와 뻑뻑한 건빵으로 허기를 달래가며 길을 헤매자니 좀 처량맞다는 생각도 든다.

한참을 헤매다 길을 제대로 찾았다. 그제야 길가에 끝없이 뻗어 있는 마늘밭이며 보리밭들이 눈에 들어온다. 마치 푸른 바다 같다. 할머니 한 분이 밭일을 하고 계시길래, 쉬기도 할 겸 배낭을 내려놓고 포도즙 팩 하나를 드리고 나도 마셨다.

50

"하이고, 나그네한테 은어묵어서 으째쓰까잉!"

할머니는 밭고랑으로 나오셨다. 나도 고랑에 나란히 앉았다. 사나흘 동안 누군가를 만날 때마다 들었던 그 질문을 또 받았다. 어디까지 가느냐, 왜 혼자냐, 뭐 때문에 그렇게 하느냐 등등. 내 대답을 들으시더니 "절대로 강원도까정은 못 간당께" 하신다. 그러고는 내 등산 모자를 보시더니 묻는다.

"그 모자, 아들이 사줬는갑소잉?"

"아뇨. 제가 산 거예요."

"워매, 내 것을 내가 산다고?"

깜짝 놀라신다. 할머니는 지금껏 살아오면서 당신 것을 직접 사본 적이 한 번도 없으신 거다. 순간 나는 우리 집 옷장에 걸려 있는 수많은 옷들이 생각났다. 할머니는 지퍼가 고장났는지 10원짜리 동전만한 똑딱이 단추를, 그나마도 이불 꿰매는 흰 실로 듬성듬성 달아놓은 점퍼를 입고 계셨다. 얼굴은 갈라진 논바닥처럼 주름이 켜켜이 잡혀 있고, 손톱도 다 닳아 네모난 모양이다.

어머니 생각이 났다. 종단을 떠날 때 걱정하실까봐 외국 여행 간다고 했는데 오늘도 밭일을 하고 계실 어머니를 생각하니 가슴이 싸하다. 아흔 살이신 어머니는 경기도 포천에서 혼자 농사지으며 지내신다. 기력이 없어 기어다니며 밭일을 하시는 어머니. 여름엔 옥수숫대에 가려서 밭에 들어가 계신 어머닐 찾기도 어렵다. 귀도 어두워 불러도 잘 못 들으시기 때문이다. 어머니는 밭 매다 힘에 부치면 밭고랑에 그대로 누워 주무시기도 한단다.

"엄마, 그러다가 밭고랑에서 돌아가시면 어떻게 해요?" 하루는 걱정이 되어 그렇게 여쭈니 "그렇게 죽으면 얼마나 큰 복이냐!" 하신다. 정을 쏟은 만큼 보답하는 농사에 대해 어머니는 기특하고 고마운 일로 생각하신다. 하루 일을 마치고는 "해님, 고맙습니다. 오늘도 햇빛을 쬐어주셔서 농사를 잘 지었습니다. 내일 또 뵙겠습니다" 하며 지는 해를 향해 절을 하신다는 어머니. 언젠가 애써 가꾼 옥수수를 누군가 따갔을 때, 어떤 인간인지 벌받을 거라며 화를 냈더니 "그래도 우리가 더 먹는다" 하셔서 할말을 잃게 하시던 어머니. "너무 외로울 땐 날아다니는 파리도 반갑다"시던 나의 어머니. 어머니는 종교가 없으시지만 어줍잖게 신앙 생활하는 나보다 훨씬 깊은 신앙인이라는 생각이 든다.

얼마 전에는 어머니 말씀을 듣고 우리 자매들이 뒹굴며 웃은 일이 있다. 무릎이 너무 아파 잠을 못 이루시던 날, 내 친구가 준 염주를 들고 밤새 "나무아미타불 관세음보살"을 외다가 가만 생각하니 이 세상을 만드셨다는 하느님이 섭섭해하실 것 같아 "나무아미타불 관세음보살"을 한 뒤 "아멘"을 붙이셨단다. "나무아미타불 관세음보살 아멘!" "나무아미타불 관세음보살 아멘!" 하느님 보시기에 이런 어머님이 얼마나 어여쁘실까? 물론 부처님 보시기에도.

어머니 생각이 나서 할머니께 초콜릿과 사탕을 한 움큼 꺼내드렸다. 할머니는 당신 집에 가서 점심해서 같이 먹고 가라셨지만 갈 길이 멀어 사양하고 돌아섰다.

나의 어머니는 강화도에서 7남매의 맏이로 태어나 여덟 살 때부터 베틀에 앉아 인조 짜기만 10여 년을 하셨고, 열아홉에 시집와서 해가 뜨고 다시 별이 뜰 때까지 집안일하느라 글을 깨칠 기회가 없으셨다. 그러던 어머니가 칠순이 다 되어 손자에게 글과 숫자를 배우셨다.

어느 날, 어머니 집에 가서 옷장 서랍을 여는데 뭐가 자꾸 걸리길래 살펴보니 바닥에 여러 권의 노트가 깔려 있었다. 어머니의 일기였다. 멸치는 '메룻찌'로, 고등어는 '고동아'로, 오만원은 '오마넌'으로 적으시던 어머니였다. 한번은 내 친구가 전화로 약속 장소를 말해 주었는데 이스턴호텔을 '이슬똘 오떼로'라고 적어서 우리들이 한참을 연구하며 웃은 적도 있었다. 그런 엄마가 일기를 쓰고 계셨으리라고는 상상도 못했다. 일기를 읽으며 엄마의 마음을 참 모르고 살았다는 생각에 많이도 울었던 기억이 난다.

어느 날은 돌아가신 아버지 꿈을 꾸시고는 잠이 오지 않아 기르시던 엿기름 시루를 꺼내놓고 싹이 트지 않은 보리 알 5천 개를 골라내셨다고 한다. 보리 알 5천 개를 세고 계셨을 어머니를 떠올리며 가슴이 먹먹해지기도 했다. 그렇게 잠 못 이루시는 밤, 틈틈이 적은 일기들이었다.

숫자를 배운 뒤 내게 전화해서 하신 첫 마디가 "이거 나 혼자 하는 전화다"라는 거였다. 어머니는 일기에 "숫짜를 눌르고 신오가 가는 동안 가슴이 둑근둑근 터질 껏만 가탔다. 내가 건 전화로 통화를 하고 나니 장원급쩨한 것보다 더 기분이 조았다"고 쓰셨다. 어머니는 글씨를 배우신 뒤 손자들이 읽던 동화책《인어공주》며《자크의 콩나무》도 읽으셨다.

일기에는 이런 글도 있다. "창박게 부는 바람, 죽금(죽음)의 시늠 소리도 드르쓸 것이고 갓 태어난 아기의 숨소리도 거쳐 왔슬 것이다. 잠 못 이르는 이 밤. 바람에게 마는(많은) 사연을 듣는다."

"보약케(뽀얗게) 고무신을 닥가 해볐테(햇볕에) 내노왔다. 어디 가게 되지 안느니(않으니) 시너 보지도 안코 다시 닥게 된다. 어디든 덧나고(떠나고) 싶다."

"아무리 아무리 나그네의 발길이 밥부다(바쁘다) 하여도 한 번쯤 되도라보소. 가을 익어 물 조코 경치 조은 저 절경을 잠시라도 도라보소. 가을이면 온 산이 울긋불긋 담풍으로 물들고, 이럴 때는 사람 메(사람의) 마음미 세삼 지나간 추억을 되도라볼 때요."

어머니의 일기를 팔순 잔치에 맞춰《가슴이 하고 싶었던 이야기》라는 제목을 달아 책으로 엮어드렸다. 칠순에 글을 배워 팔순에 한 권의 책으로 엮어낸 걸 언론사에서들 알게 되어 당시 각종 TV 프로그램과 라디오, 신문 등에 기사가 나기도 했다.

어머니는 지금도 다 늙은 자식들에게 줄 것을 찾으신다. 침침한 눈으로 밤새 호박씨를 까놓으시면, 순식간에 먹어치우는 무심한 나. "⋯⋯/ 쓴 것만 알아/ 쓴 줄 모르는 어머니/ 단 것만 익혀/ 단 줄 모르는 자식// 한 몸으로 돌아가/ 서로 바뀌어/ 태어나면 어떠하리"라고 노래한 김초혜 시인의 시처럼 내가 아무리 나이가 들어도 어머니 앞에서는 단 것만 익힌 딸일 수밖에 없나보다. 한 몸으로 돌아가 서로 바뀌어 태어나지 않는 이상 말이다.

새로운 봄이 올 적마다 금년 농사는 절대 안 된다고 우리 형제들이 말려도 막무가내로 밭이 딸린 시골집으로 가시겠다는 어머니를 말릴 수 없어 가시게는 하지만 걱정이 이만저만이 아니다. 어머니가 앞으로 몇 번의 농사를 더 지으실 수 있을지⋯⋯

어머니 생각에 잠긴 채 걷다가 뒤를 돌아보니 그때까지 나를 지켜보시던 할머니가 손을 흔들어주신다. 잠시 몇 마디 나누었을 뿐인데 헤어지기가 섭섭하다. 어머니 같은 느낌이 들었나보다.

점심때가 다 되어 성전에 도착했다. 혼자 식당에 들어서면 싫어한다는 것을 며칠 여행하면서 알았기 때문에 식당엘 들어가려면 죄진 사람처럼 쭈뼛거려졌다. 뭘 먹겠느냐는 질문에도 주눅이 들어서 "그냥 편한 걸로 해주세요"라고 말해 버렸다. 김치찌개 백반을 먹고 나와 성전 터미널을 지나고 영풍리를 지났다. 표지판을 보

하루 일을 마치고는 "해님, 고맙습니다. 오늘도 햇빛을 쬐어주셔서 농사를 잘 지었습니다. 내일 또 뵙겠습니다"
하며 지는 해를 향해 절을 하신다는 아흔 살 되신 아름다운 나의 어머니.

니 '무위사'가 3킬로미터다. 들러봐야겠다. 나주, 영암 방향으로 가다가 왼쪽 길로 들어섰다. 차도 드문드문 다니고 길엔 사람도 별로 없다. 물을 많이 마셨더니 오줌이 마렵다. 사방을 둘러봐도 산과 들판뿐. 고민하다 길가 논둑 아래로 내려갔다. 주변을 둘러보고 나서 나무가 있는 곳에서 배낭으로 가려놓고(?) 조마조마한 마음으로 볼일을 봤다. 길 떠나서 힘든 것 중 하나가 오줌 마려운 거다.

발바닥이 너무 아프니까 3킬로미터가 천리 같다. 깨진 사금파리를 디디는 느낌으로 무위사 앞까지 간신히 가서 일단은 전통 찻집엘 들렀다. 좀 쉬어야 둘러볼 수 있을 테니까. 찻집의 솔잎차 향이 피곤한 몸과 마음을 어루만져주었다.

봄은 피든 지든 무심코,

구름이야 가건 오건 산은 말이 없네.

찻집 기둥에 적힌 글이다. 고즈넉한 찻집 분위기에 잘 어울린다. 쉬고 나와 절뚝이며 무위사를 돌아봤다. 월출산을 가려면 1킬로미터쯤 떨어진 월남사 쪽으로 가야 한다는 찻집 아가씨 말에 따라 월남사 방향으로 향했다.

길 양쪽으로 펼쳐진 차밭이 장관이다. 사진을 몇 장 찍었다. 이번 여행을 앞두고 큰아들네가 사준 디지털 카메라는 내겐 분에 넘치는 것이다. "개 발에 편자"라는 말도 있듯이 내 사진 기술이 왕초보에 가까웠으므로 찍어놓은 사진들이 형편없다. 게다가 조작법을 제대로 익히기도 전에 떠났으니 다양한 기능도 내겐 별 소용이 없다. 그래도 담아두고 싶은 모습들은 정성껏 찍어본다.

월남사까지 1킬로미터라고 했는데 가도 가도 월남사 표지판 하나 보이질 않는다. 시간상으로 봐서는 지나온 게 틀림없다. 지나는 사람도 없으니 물어볼 수도 없고, 발은 되돌아갈 엄두조차 낼 수 없을 만큼 아프고. 불안하지만 어쩔 수 없다. 내처 걸을 수밖에. 고개를 넘으면 언젠가 나오겠지!

드디어 매표소다. 앗! 그런데 엉뚱하게도 경포대 매표소다. 다행히 월출산 올라가는 코스가 있긴 하단다. 그런데 지금 시각은 2시. 다섯 시간은 잡아야 한다고 하니 아픈 발로는 도저히 무리다. 하는 수 없다. 오늘은 일찌감치 쉬어야겠다.

가장 가까운 민박집을 찾았는데 시설이 엉망이다. 방 값도 2만 5천 원. 절대 깎아줄 수도 없단다! 발만 아프지 않았어도 다른 데로 갔을 텐데…… 방에 들어가니 세면대 하나 달랑 매달려 있고, 수건도 비누도 없고, 이부자리는 불결하다. 그렇지만 그런 걸 따질 형편이 아니다. 세숫대야도 없어서 세면대 위에 발을 올려놓고 미지근한 물에 발을 담갔다. 발뒤꿈치까지 부르터서 너무 아팠다.

몸살기까지 있어, 큼큼한 냄새가 나는 이불이었지만 푹 뒤집어

58

쓰고는 찬 방바닥에 누웠다. 몸이 덜덜 떨려왔다. 옷을 입고 웅크린 채로 있다가 잠이 들었나보다. 깨어보니 밤 9시. 며느리한테 전화를 거니까 그러잖아도 전화도 안 되고 연락이 없어 안절부절못하고 있었단다. 통화를 끝내고 늦은 저녁을 먹을까 했는데, 아픈 발로 식당까지 가느니 차라리 굶는 게 낫겠다 싶어 건빵 몇 개와 치즈 한 조각, 사탕 두 개로 때웠다.

발은 아프고 몸살 기운까지 있는데 저녁도 거른 채 혼자 낯선 방에 누워 있으려니 저절로 집 생각이 났다. 남편한테 전화를 걸었다. 목소리를 듣자마자 울컥 눈물이 치솟는다. 그래도 짐짓 명랑한 체하며 통화를 했다.

아무리 고생이 된다 해도 끝까지 해내리라! 전화를 끊고 나서 입술에 힘을 주며 새삼스레 다짐을 해본다. 지도를 펴놓고 걸어온 길을 표시하고 걸어갈 길도 살펴봤다. 내일은 그렇게 가고 싶었던 월출산 산행이다. 발이 좀 나아야 할 텐데 걱정이다.

걸은 구간: 강진읍 – 홍암교차로 – 화전교차로 – 성전 – 무위사 – 월출산 경포대
걸은 시간: 7시간(많이 쉬었음)
이동 거리: 25킬로미터
쓴 돈: 점심 4,000원, 솔잎차 3,000원, 숙박비 25,000원, 모두 32,000원

져야 할 때를 아는 붉은 동백처럼

3월 25일(목) 월출산 경포대~영암읍

안개가 자욱하다. 시야가 흐리긴 하지만, 시설이 엉망이고 불친절했던 민박집이 미워서 렌즈로 꼬집듯이 한 컷 콕 눌러 찍었다.

식당들이 문을 열지 않은 시간이라서 또 치즈 한 장과 건빵으로 때웠다. 매표소 직원도 나오지 않은 시간, 아무도 없는 산을 오르려니 월출산 전체를 혼자 전세 낸 기분이다. 전라도는 동백이 많다. 해남에서 올라오는 동안 길가에 흐드러진 동백들을 봤는데 월출산을 오르는 길가에도 가득이다. 저만치서 중년 남자가 내려오는데 외진 산길에서 사람을 만나니 반가우면서도 무섭다. 그런데 동백꽃을 한아름 꺾어 가지고 내려오는 걸 보니 조금은 안심이 된다. 설마 악당이 꽃을 좋아할라고?

계곡에도 동백꽃이 떨어져 있다. 맑은 물 위에 비친 푸른 하늘 때문에 꽃이 하늘 위에 떠 있는 것 같다. 산길에도 각혈해 놓은 듯한 붉은 동백이 수없이 떨어져 있다. 가슴에 맺힌 한이나 슬픔도 저렇게 토해 낼 수 있다면 얼마나 후련할까? 토해 낼 수만 있었다면 내 인생의 길에 떨어진 붉은 자국들도 저보다 적진 않았으리라.

남편의 연이은 사업 실패로 빚쟁이들한테 모진 수모와 시달림을 받으며 벌레처럼 짓밟히고, 짓이겨진 풀잎처럼 으깨어졌던 시절이 떠오른다. 배고팠던 기억이나 얼음처럼 찬 냉골에서 추운 겨울을 보낸 건 잊을 수 있지만, 인간적으로 내게 모멸감을 안겨준 사람이나 자존심에 상처 입힌 일들은 쉽게 잊혀지지 않는다. 더구나 가장 가까운 사람들에게서 받은 상처는 가슴에 피멍으로 남아 지워지지 않는다.

지금 생각해도 가슴 아프고 잊을 수 없는 일이 있다. 시아버님 입장에서 볼 때, 아들은 부도내고 사라져 생사를 모르고, 며느린 실성한 사람처럼 휘휘거리고 있으니 얼마나 기가 막히셨을까! 돕고 싶은데 가진 건 없고, 여기저기 다니며 눈총받고 갖은 괄시를 다 받으셨을 게다. 어느 날 내게 오셔서 말씀하시길 "아무개 엄마가 석교 어멈이 직접 오면 돈을 주겠다고 하더라"면서 가보라고 하셨다. 서울에서 인천으로 출퇴근하느라 짬 내기도 어려웠을 뿐 아니라 남편의 생사를 몰라 넋 나간 사람처럼 다니고 있던 내게, 식구임에도 불구하고 자기 집으로 직접 와야만 돈을 주겠다고 했다니 너무 야속하고 기가 막혔다. 나는 시아버님께 안 가겠다고 오기를 부렸고, 시아버님께서는 다음날 직접 가셔서 그 돈을 받아다주셨다. 노인네가 거길 가서 얼마나 싫은 소릴 들으셨을까 생각하면 지금도 가슴이 아리다.

그때 내가 바란 건 따뜻한 전화 한 통이었다. 물질적인 도움을 염치없이 청한 건 아니었다. 그러나 연락이라도 하면 무슨 손해라도 볼 것 같았는지 전화 한 통 해주는 이가 없었다. 배고픔보다도 가슴이 시린 날들이었다.

남편의 사업은 칠전팔기가 아니라 십전십일기였다. 양계장 운영을 시작으로, 기름집, 과외 지도, 할부 책 군납, 조경 사업, 서점 운영, 택시 기사 등등 별별 걸 다 했다. 해본 일이 하도 많아서 손으로 꼽으면 순서가 매번 틀리다. 그렇게 시작한 일들이 죄다 실패를 했다. 남은 건 빚뿐. 내 월급은 받는 날로 채권자들에게 넘어갔다. 그래도 모자랐다.

그 시절, 나를 지탱해 준 것은 오기와 자존심, 그리고 증오였다. 이글이글 불타는 증오도 살아가는 힘이 된다는 걸 난 그때 처음 알았다. 이 앙 다물고 다짐했다. 반드시 일어서리라. 애들도 남 못지않게 길러내리라. 얼마 뒤 연락이 닿은 남편한테 나는 큰소리를 탕탕 쳤다. 내가 다 해결해 놓은 다음에 오라고, 그냥 살아만 있어 달라고! 그리고 갖은 수모와 시달림을 혼자 감당했다. 그때 받은 멸시와 천대는 오랜 동안 내 가슴에 핏덩이 한이 되어 남아 있다. 털어버리려고, 잊으려고 마음먹어도 쉽지 않았다.

떨어진 붉은 동백꽃잎들을 보니 저렇게 떨어질 때가 되면 미련 없이 떨구듯이, 추하게 더 매달고 있지 않을 수 있다면 좋겠다는 생각이 든다. 내 남은 인생을 미움과 증오로 보낸다는 건 정말 어리석은 일이지 않은가.

가파른 바위 계단을 오르니 드디어 월출산 천황봉이다. 천황봉 바위 바로 밑에서 무당인 듯한 여자가 촛불을 밝혀놓고 술과 담배, 과일을 늘어놓은 채 치성을 드리고 있다. 천황봉에서 찍은 사진 한 장은 남겨야겠다 싶어 치성 드리는 일이 끝나길 기다렸다. 뒤이어 올라온 등산객들도 천황봉 앞에서 사진 한 장 찍으려고들 기다렸다. 안개가 낀데다 바람까지 심하게 불어 몹시 추웠다.

재작년 겨울, 세 번째 지리산 종주에 나섰을 때다. 등반 도중 갑자기 내린 눈으로 계획에도 없던 로터리 대피소에서 하룻밤을 묵고, 그 다음날 산을 오르려니 아이젠 없이는 못 올라간단다. 하는 수 없이 하산을 했는데 고개 돌려 천왕봉을 바라보니 눈 덮인 산이 언젠가 보았던 몽블랑보다도 더 아름다운 자태로 나를 유혹하고 있었다. 그래, 아이젠을 사서 신고 올라가는 거다! "조금만 기다려. 내가 갈게" 외치고는 아이젠을 사서 신고 다시 올랐더니 대피소 직

가슴에 맺힌 한이나 슬픔도 저 붉은 동백처럼 툭! 떨구어버릴 수 있다면 얼마나 후련할까? 토해 낼 수만 있었
다면 내 인생의 길에 떨어진 붉은 자국들도 저보다 적진 않았으리라.

원이 깜짝 놀랐었다.

딱딱해진 베이글 빵을 씹으며 천왕봉 정상에 오른 것이 오후 2시 반, 바람이 어찌나 세게 부는지 가만히 서 있으면 비틀거릴 정도였는데, 부산에서 왔다는 산악회 팀 40여 명이 미리 도착해서 내려갈 길을 막고 있었다. 그들이 내려가기를 기다리려니까 만세 삼창을 하더니 애국가를 부른다. 그런데 뭔 일이랴! 4절까지 부르는 거다. 그 추운데 기다리려니까 죽을 맛이었다. 애국가 부르는 사람 흘겨 보기는 처음이었다. 이렇게 치성 드리는 분을 얄미운 마음으로 지켜보기도 처음이다.

치성이 끝나길 기다리던 사람들이 드디어 슬슬 불평을 하자 그 제야 무당이 자리를 내준다. 청년에게 부탁해서 나도 사진을 한 장 찍고 내려왔다. 하산하는 길은 두 갈래다. 한쪽 길은 바람재고, 한 쪽 길은 구름다리. 약간 더 힘들다고는 하지만 나는 구름다리를 보고 싶어 그쪽을 택했다. 한참을 오르락내리락한 뒤 구름다리를 건넜다. 참 멀고도 멀다. 아픈 발이 감각조차 없다. 천황사에 도착하니 절은 없고, 그 자리에 스님 한 분이 천막을 치고 기거하고 계신다. 샘터에서 물을 마신 뒤 물병에 물을 담고 다시 출발이다!

배는 고프고 다리는 아프고 너무 지쳐서 말할 기운도 없다. 주차장 못 미처 있는 '숲 속의 새 둥지'라는 아담한 레스토랑으로 들어갔다. 단아하게 생긴 젊은 여주인이 살포시 웃으며 맞아준다. 손님은 아무도 없고, 실내는 아늑하다. 갈비탕을 시켜놓고 기다리는 동안 둘러보니 종이를 접어 만든 예쁜 꽃들이 벽에도, 탁자 위에도 걸려 있다. 주인 말이 칠순이 넘은 시어머니 작품인데 백내장이 와서 이젠 더 이상 못 만드신단다. 그렇게 좋아하던 것을 시력 때문에 못하게 된 심정이 오죽이나 속상할까.

나이 들수록 자기만의 취미나 소질을 살려 자기 일을 가져야 활기차게 살 수 있다. 뿐만 아니라 혼자 살아가는 연습도 필요하다. 언제까지 남편이 곁에 있어 줄 것도 아니고, 요즘 세상에 자식들도 다 저 살기 바쁘니⋯⋯

나는 혼자서 영화도 보고, 여행도 다니고, 산에도 잘 간다. 가끔 서울로 연극도 보러 가고, 책도 사서 읽고, 건강을 위해 헬스클럽도 다닌다. 부족하지만 내 블로그도 꾸며 심심찮게 놀고 있다. 그러다 보니 아들 며느리 자주 찾아오지 않는다고 보챌 새도 없다. 아니, 거꾸로 아들네가 놀러 오려면 내 스케줄을 물어봐야 한다. 뭐 지들만 바쁜가? 나도 지들한테 으스대가며 시간 내준다!!(^^) 오히려 에미가 이렇게 재밌게 사니 자기들도 편하고 좋을 거다.

나는 소소한 것이라도 해보고 싶은 것들은 과감히 해본다. 얼마 전엔 무섭기로 소문난 월미도 바이킹도 타봤다. 그날도 산행을 마치고 왔는데 좀 이른 시간이라 일행들을 꼬셨다. 절반은 타겠다고 했고, 절반은 그냥 구경만 하기로 했다. 차례를 기다리는데 이미 타고 있는 사람들이 악악대는 소릴 들으니 겁이 좀 나기도 했다.

드디어! 내 차례가 되어 타는데 이왕 타는 거 맨 뒷자리로 가서 앉았다. 그런데 방송이 나온다. "저 맨 뒤에 앉은 까만 모자 쓴 아주머니, 가운데로 가세요! 아주머닌 뒷자리에 앉으면 안 됩니다." 난 모른 척하고 태연하게 앉아 있었다.(왜? 난 할머니니깐!) 그런데 다시 방송을 하는 거다. "아주머니! 저 가운데 자리로 가시라니까요. 거기 앉으시면 큰일나요!" 그래도 가만히 있는데 사람들이 죄다 나를 돌아다보는 것 아닌가! 그러니까 나더러 하는 소리다. 괜찮다고 했더니 "그럼, 우린 책임 안 집니다. 여기 계신 분들도 다 들었으니까요." '괜찮다는데 괜히 야단이야!' 내가 크게 소리쳤다. "괜찮아요! 많이 타봤어요!"

드디어 무릎 위로 안전 장치가 내려오더니 다음 순간 바이킹이 슬슬 움직이기 시작했다. 그 순간, '아, 안나야, 너 몇 살이냐? 아이구 한심하다' 나도 모르게 그런 소리가 목구멍을 넘어왔다. 그러나 이미 엎질러진 물. 바이킹이 스으으윽 앞으로 나갔다가 뒤로 물렀다가 하더니 드디어 가속이 붙기 시작했다. 뒤로 쏟아질듯 물렀났다 쏜살같이 아래로 내리꽂히는 순간은 오싹한 게, 뭐랄까 발바닥을 옛날에 감자 깎던 찌그러진 놋숟가락으로 긁어대는 것 같기도 하고 전류가 온몸에 좌악 흐르는 것 같기도 한, 자지러질 듯하고 아찔한 느낌이었다.

그런데 그렇게 몇 번을 하고 나니까 드디어 재미있어지기 시작했다! 젊은애들 틈에 끼여 앉아 "꺅꺅" 대면서 아래로 내려갈 땐 "아아아싸~아~" 소리까지 질러댔다. 바이킹에서 내려와 아까 방송하던 청년한테 가서 내가 말했다. "총각! 나 아주머니 아냐! 나 예순 다섯 살 된 할머니야!" 총각이 나를 멍하니 바라보더니 고개를 절레절레 흔들며 하는 말, "할머니, 또 오세요. 다음 번엔 무료로 태워드릴게요!"

내가 이런 얘길하면 사람들은 배꼽을 쥐고 웃는다. 듣기만 해도 그렇게 웃는데 정작 이런 삶을 사는 나는 얼마나 즐거우랴.

오래 기다리지 않아서 하얀 사기그릇에 갈비탕이 담겨져 나왔다. 뽀얗게 우러난 육수 속에 든 갈비덩어리를 보자 샥 군침이 돌았다. 정갈한 반찬도 얼마나 맛있는지 밥과 반찬은 물론 갈비탕 국물 한 방울까지 남기지 않고 싹싹 비웠다. 배도 고팠지만 그렇게 정갈하고 맛있는 갈비탕은 처음 먹어봤다. 친절한 주인이 가져다준 향긋한 모과차를 마시며 얘기를 나눴다. 느낌이 통하는 사람을 만나서 편하고 좋았는지 속 이야기까지 털어놓게 되었다. 길 위에서 만난 사람이라 부담이 없었나보다. 가다가 먹으라며 쥐어준 과자 한 봉지를 들고 나오면서 몇 번이고 뒤를 돌아보았다. 또 만날 수나 있을지 싶은 마음에.

오래 쉰 탓일까? 다시 걷자니 더 힘들다. 절뚝거리며 영암읍까지 걷는데 발바닥에서 불이 난다. 길가에 늘어선 벚꽃은 며칠 있으면 필 것같이 몽실몽실 연분홍 꽃망울을 달고 있다. 걷다가 뒤돌아보면 아름다운 월출산이 나를 바라보며 말없이 응원하고 있는 것 같다. 벚꽃 길과 월출산, 다른 때 같았으면 이 길이 얼마나 즐거웠을까! 그러나 나는 마치 가시밭길을 걷는 듯하다. 아픔을 잊으려고 벚꽃나무 백 그루를 지나는 데 시간이 얼마나 걸리나 재보기도 하고 친구에게 전화를 걸어보기도 했다.

그렇게 영암읍까지 약 10킬로미터를 걸어가다 사과가 먹고 싶어 슈퍼마켓에 들렀다. 그런데 내 눈을 사로잡은 건 사과가 아닌 생리대! 신발 바닥에 깔면 얼마나 폭신폭신할까? 열 개들이 생리대를 하나 샀다.

슈퍼마켓에서 나와 찜질방을 가려는데 모르는 길을 찾아다니려니 너무 지치고 힘들어 택시를 탔다. 운전기사한테 찜질방으로 데려다 달랬다. 창 밖 경치를 내다보고 있는데 다 왔단다. 그런데 왠지 눈에 익은 곳 같아 보니 이게 뭔 일이람! 아까 걸어갔던 천황사 밑이다. 세상에! 운전기사 말이 영암에서 찜질방 찾으면 그곳으로 데려다준단다. 게다가 왕복 요금으로 1만 5천 원이나 줬으니 그 억울함이란!

내일 아침에 어제 걸어간 그 길을 다시 걸을 생각을 하니 지겨운 생각이 들어 기사한테 아침 6시에 와달라고 부탁했다. 찜질방 안으로 들어가니 운동장처럼 넓디넓은 옥찜질방엔 손님이라곤 나 혼자다. 게다가 음식도 사 먹을 데가 마땅치 않고 찾아다닐 힘도 없어 또 치즈와 사과, 건빵으로 저녁을 대신했다.

옷을 접어서 베고 맨바닥에 누우니 잠이 잘 오지 않는다. 이제 겨우 나흘째다. 흔히들 말하지 않던가, 무슨 일을 할 때 사나흘 하다가 그만둘 거면 시작도 하지 말라고. 어쩌면 사나흘이 가장 어려운 고비이기 때문에 나온 말일지도 모르겠다. 할 수 있다고 속으로 외쳐본다. 힘내라, 안나!

걸은 구간: 월출산 경포대 – 천왕봉 – 천황사 – 영암읍
걸은 시간: 8시간
이동 거리: 10킬로미터 (월출산 산행 거리 제외)
쓴 돈: 점심 6,000원, 택시비 15,000원, 사과 5,000원, 생리대 · 음료수 · 물 4,500원, 찜질방 5,000원, 모두 35,500원

이 나이 먹느라고 얼마나 힘들었는데

3월 26일(금) 영암읍~광주 송정동

새벽 4시에 잠이 깼다. 간밤에도 내리 잠을 자지 못하고 자다 깨다 했는데…… 잠이 오지 않을 바에야 일찌감치 길을 나서는 게 낫겠다 싶어 자리를 털고 일어섰다. 어제 산 생리대를 신발 바닥에 깔았다. 끈끈이가 있어 착 달라붙는 것도 좋고, 폭신폭신 발에 닿는 촉감도 그만이다.

택시는 약속대로 정확히 6시에 와주었다. 어제 택시 탄 지점까지 데려다달라고 했다. 기사가 좀더 가지 그러냐고 하기에 걸어서 종단하는 거라서 목적지까지는 한 걸음도 차를 타지 않는다고 했더니 고개를 갸우뚱한다. 이해가 안 간다는 투다. 요금이 5천 원 나왔는데 나 때문에 아침잠도 설쳤을 것이고, 시간 약속도 정확히 지켜

준 게 고마워서 만 원을 줬더니 벙글거린다. 나도 덩달아 기분이 좋아진다.

영암에서 나주까지는 25킬로미터, 쉬엄쉬엄 걸었는데도 12시 반밖에 안 됐다. 길가에는 나주 특산물인 배 상자가 즐비하고 양옆으로는 계속해서 배밭이다. 지금은 배꽃이 피지 않아서 아쉽지만 아마 꽃이 활짝 핀 달밤이면 정말이지 '이화에 월백'이란 시가 어울릴 거다. 그런 밤이면 꽃에 취하고 달빛에 취해, 누가 볼세라 꼭꼭 여며온 자기를 풀어버리고 싶기도 할 것이다. 꽃핀 달밤에 취해 남편의 청혼을 받아들였던 나처럼!

막내 시동생이 초등학교 1학년 때 내가 담임을 했는데, 그때 군대 갔다가 휴가 나온 남편이 나를 보고는 눈에 콩깍지가 씌었던지 편지 보내고 우리 부모님 찾아뵙고 나에게 선물 공세하는 일을 꽤나 열심히 했다. 어느 가을밤엔 밖에서 뭔가 툭! 떨어지는 소리가 들려 나가보니 달빛 환한 마당 한가운데에 커다란 구절초와 산국 꽃묶음이 있었다. 그렇게 향기롭고 아름다운 꽃다발이 또 있을까 싶을 만큼 눈부셨던 기억이 난다.

그러나 나는 이룰 수도 없는 짝사랑에 눈이 멀어 그를 슬프게만 했다. 그는 너무 절망한 끝에 어디론가 사라져 몇 달 동안 소식이 없었고, 어머니는 내가 집에 들르기만 하면 꾸중을 하셨다. 그러다 보니 나도 내 자신을 돌아보게 되었고, 그의 존재가 가슴속에 자리

잡기 시작했다.

　다음해 가을, 그가 서울 우리 집으로 불쑥 찾아왔다. 마당엔 국화가 흐드러지게 피었는데 달빛이 환했다. 대낮같이 밝은 달빛 아래 그를 보니 이발을 새로 한 탓인지 면도 자국도 푸르렀고, 하얀 셔츠도 달빛을 받아 푸르렀다. 상큼한 비누 냄새도 났다. 그날 달빛에 홀린 듯 나는 남편의 청혼을 받아들였다. 변덕 심한 내가 그 뒤로도 여러 번 이랬다저랬다 해서 그의 속을 긁어놓고 결혼했지만 말이다. 그게 벌써 42년 전 일이다. 인물 좋던 영감의 얼굴은 어느새 주름으로 덮였고, 머리는 백발이 되었다. 둘 다 검은머리 파뿌리가 되어가고 있는 게다.

　얼마 전엔 동사무소에서 우편물이 하나 날아왔다. 뜯어보니 '노인 교통수당 신청서'였다. '노인'이라는 글자에서 한참이나 시선이 머물렀다. 아, 내가 노인이란 말인가……

　신청일까지는 며칠 남았지만 정신 없는 할망구가 기일 어길까봐 바로 도장과 주민등록증, 통장을 챙겨 들고 동사무소로 갔다. 그런데 교통 수당 받으러 가는 할머니답게(?) 매일 아침 운동 갈 적마다 지나가는 동사무소 앞을 한참이나 지나쳐갔다. 아차 싶어서 되돌아서서 동사무소로 들어섰다. 두리번두리번 주변을 살피다가 '사회복지'라고 쓴 팻말 앞으로 갔는데, 담당 직원인 듯한, 머리를 들까불러서 올려붙인 총각이 끝도 없이 전화를 해대고 있었다. 가만 들어보니 업무용 전화도 아니다. 할머니라고 깔보나? 눈꼬리에 살짝 힘을 줬더니 옆자리 아가씨가 무슨 일로 오셨냔다. 손에 들고 있던 신청서와 주민등록증, 통장과 도장을 쓱 내밀었더니, 받아들면서 "할머니, 통장 사본을 가져오셔야죠" 하며 톡 쏘는 거다. 시치미 뚝 떼고 "사본이 뭔데요?" 했더니 나를 힐끗 바라보고는 말 없이 통장을 복사해서 접수를 시켜주었다.

잠시 후, 아가씨가 내게 일러줬다.

"할머니, 교통비는요, 3개월에 한 번씩 나오는데 금액은 3만 2천 원이에요."

"하이고, 고마워요."

꾸뻑 절하고 되돌려주는 통장과 도장 등을 챙겨 들고 동사무소를 나섰다. 씁쓸한 마음에 길가에 잠시 오도카니 서 있었다. 그러나 이런 '증' 하나에 달라질 게 뭐냐. 한숨 한번 크게 내쉬고는 제과점으로 향했다. 5천 원짜리 딸기 케이크를 사서 길 건너에 있는 아는 옷가게로 갔다. 평소 그곳 아가씨들하고 친하게 지내는데 그들에게 간식으로 먹으라고 줬다.

"할머니! 웬 케이크예요?"

"노인 교통수당 타게 된 턱이야."

모두들 까르르 웃었다.

"야, 내가 이 나이 먹느라고 얼마나 힘들었는 줄 알아? 그러니

축하해 줘야 해. 나 이제 전철도 공짜고, 등산갈 때 국립 공원도 공짜야. 그뿐인 줄 알아? 미술관 갈 때도 경로는 할인이야. 하하하!"

이러면서 나도 같이 따라 웃었는데 웃음 끝에 눈가에 물기가 스몄다.

며칠 전에는 저녁을 먹다가 느닷없이 남편이 묻는다.

"당신, 이 담에 나 죽으면 혼자 살아야?"

"그럼요. 혼자 살죠."

"애들하고는…… 싫어?"

"싫어요! 그러니까 당신 오래오래 건강하게 사세요."

"……"

"……"

둘 다 아무 말 없이 밥을 먹는데 눈물이 핑 돌았다. 남편이 볼까 봐 숭늉을 뜨러 주방으로 갔다.

늙고 병들고 이별하는 일이야 엄연한 사실이고 뻔히 알고 있는 일이지만 역시 온몸과 마음으로 받아 안기는 쉽지 않은가 보다.

빵—! 차 소리에 놀라 정신을 차리니 달밤도 간데 없고 마주 앉은 남편도 없다. 차가 많아 걷기에는 영 불편한 길이다. 노안까지는 10킬로미터인데 그곳까지만 더 가보기로 했다. 오후 3시, 노안 채 못 미처 모텔이 보이길래 들어가려니 카운터에 앉아 있던 여드름 투성이 종업원이 "우리 사장님은 숙박 손님 안 받으십니다" 한다.

모텔에서 숙박 손님을 안 받으면 뭔 손님을 받는담? 따지려다가 기운이 없어 관두고 다른 곳엘 갔는데 아예 방이 없단다.

아침부터 밥도 못 먹어 배도 몹시 고팠다. 노안 삼거리에서 식당을 찾아 들어갔다. 돌솥비빔밥을 시켰는데 지친데다 물을 너무 많이 마신 탓인지 잘 먹히지가 않는다. 한가한 시간이다 보니 주인 아주머니가 이것저것 내게 묻는다. 예의 그 질문, 그 대답, 그후의 놀란 반응! 아주머니는 나보고 참 대단하다며 커피까지 한 잔 갖다주었고, 밥값도 받지 않았다.

광주 송정동까지 약 12킬로미터라고 하기에 용기를 내서 그곳까지 더 가보기로 했다. 좀 걱정이 되었지만 잘 곳을 찾아야 하니 달리 방도가 없다. 노안에서 시내로 들어갔어야 하는 건데 시내로 들어가지 않고 우회로를 택한 탓이다. 패잔병같이 무거운 발을 끌며 걸어가는데 길가 입간판에 "송정동 시내로 들어가는 차량은 공사로 인하여 교통이 매우 혼잡하므로 제방 길로 우회하라"는 내용이 적혀 있다. 나는 절뚝이면서 제방 길로 들어섰다. 20미터쯤 걷다 문득 생각하니, 나는 차가 아니고 사람이지 않은가! 운전하는 걸로 착각해서 제방 길로 들어선 거다. 어이가 없어 피식 웃고는 다시 시내를 향해 걸었다. 습관이란 건 정말 무섭다.

가도 가도 모텔이나 민박집은 보이지 않는다. 하는 수 없이 택시를 타고 숙박할 수 있는 곳으로 안내해 달라고 했더니 새로 개업한

"할머니! 웬 케이크예요?" "노인 교통수당 타게 된 턱이야." 모두들 까르르 웃는다. "야, 내가 이 나이 먹느라고 얼마나 힘들었는 줄 알아? 그러니 축하해 줘야 해. 나 이제 전철도 공짜고, 국립 공원도 공짜야. 하하하!" 이러면서 나도 같이 따라 웃는데 웃음 끝에 눈가에 물기가 스몄다.

찜질방에 데려다준다. 탕 안으로 들어가려는데 다리는 들리지 않고 어지럽고 쓰러질 것만 같아 대강 씻고 나왔는데, 40대 후반의 아줌마가 '국토 순례, 해남~통일전망대까지'라고 쓰인 내 깃발(?)을 보더니 "어머머, 아주머니 정말 대단하세요. 저희 집에 가서 쉬세요. 말씀도 나누고요" 한다. 예정에도 없던 가정집에서 자게 되었다. 업비(아주머니의 이름) 씨 집은 공군 아파트였다. 그런데 공교롭게도 그 아파트 정문이 내가 조금 전 택시를 탔던 바로 그 지점이다.

업비 씨는 더러워진 내 바지를 빨아서 널어주는 등 세세한 신경을 써주었다. 교육대에 다닌다는 딸의 방에서 컴퓨터도 쓰게 해주어 편한 마음으로 메일을 읽고 답장도 쓸 수 있었다. 세상이 참 험하고 무섭다지만 이런 사람도 다 있다. 처음 보는 나를 어떻게 믿고 자기 집까지 데려다 재울 수 있나?

업비 씨 가족을 보며 내가 살아온 날들을 되돌아보았다. 나는 지금까지 남에게 해 끼치지 말고 신세지는 짓은 하지 말자며 살아왔다. 그러나 사람이 살아가면서 남의 신세 안 지고 살 수가 있나? 돌아보면 모든 게 다 신세진 일뿐이다. 농부들 덕에 먹고, 옷 짓는 분들 덕에 입고, 신발 만드는 분들 덕에 이렇게 몇날 며칠을 걷고 있으니…… 어쨌든 직접적으로 드러나는 폐는 끼치지 말자고 생각했는데, 고작 거기까지였다. 한 걸음 더 나아가서 남을 적극적으로 돕지는 못하고 살아온 거다.

업비 씨는 성경 말씀에 "나그네를 대접하라"는 그 한 말씀만이라도 지키며 살고 싶다고 한다. 작은 것이라도 몸으로 '옮기는' 것이야말로 큰 것을 '알고만' 있는 것보다 훨씬 낫다. 세상에서 가장 먼 여행길이 머리에서 가슴까지의 여행이라지 않는가. 머리로야 누구나 알고 있어도 그게 가슴으로까지 내려오기란 그렇게 어렵다는 얘기다. 그러나 그것이 다시 손발로까지 내려와 행동으로 옮겨지기는 더 어려운 일이다. 참 따뜻한 사람을 만났다.

밤엔 배낭을 정리했다. 날이 갈수록 배낭이 무겁게 느껴져 작은 것 하나라도 덜어내고 싶었다. 사막 마라톤을 하는 사람이 지도의 하얀 부분까지도 가위로 오려냈다는 이야길 읽은 적이 있다. 길 떠나는 사람은 티끌 하나라도 덜어야 한다. 오죽했으면 어젠 샘플 병에 한 번 더 쓸 수 있는 스킨이 남았는데 그걸 한꺼번에 쏟아서 절벅절벅 발랐을까? 손가락 마디만한 작은 병 하나 버린다고 뭐가 그리 가벼워지랴만 그 정도로 배낭이 무겁게 느껴졌다. 겨우 치약과 비누, 그리고 새 양말 한 켤레를 덜어냈을 뿐이지만, 그래도 한결 가벼워진 느낌이다.

걸은 구간: 영암읍 - 나주 시내 - 노안 - 광주 송정동
걸은 시간: 12시간(쉰 시간 포함)
이동 거리: 45킬로미터
쓴 돈: 택시비 12,000원, 물 1,000원, 찜질방(업비 씨가 냈음), 모두 13,000원

마른 대추 썩는 것 봤어?

3월 27일(토) 광주 송정동~담양 대치

이른 아침 생선 굽는 냄새에 잠이 깼다. 서둘러 일어나 씻고 나니 아침상이 들어왔다. 상 위에는 냉이 된장국, 조기 구이, 달걀찜, 김치 등이 정성스레 올라앉아 있다. 오늘도 점심을 거를지 모른다는 생각에 든든하게 먹어두었다.

아침을 먹고 나니 업비 씨 남편이 공군 부대 안을 구경시켜 주겠단다. 차를 타고 넓디넓은 부대 안을 달렸다. 아침 운동하는 군인들의 모습이 활기차고 건강해 보인다. 땀이 밴 러닝 셔츠에서 싱싱한 젊은 기운이 훅훅 뿜어져 나오는 듯하다. 부대 안을 고루 둘러본 뒤 기념으로 업비 씨 부부 사진을 한 장 찍었다. 업비 씨와 가벼운 포옹을 한 뒤 다시 출발! 또 혼자 남으니 어제보다 더욱 쓸쓸하다. 편한 집에서 좋은 사람들과 어울리다 보니 마음이 풀어졌나보다.

시내를 관통해서 걸었다. 높은 건물과 아파트를 지나고 많은 사람들 사이를 지나며 20분쯤 걸었을까? 업비 씨에게 전화가 왔다. 지금 있는 곳에서 더 가지 말고 서 있으란다. 조금 기다리니 업비 씨 부부가 와서는 어제 주고 온 양말을 되돌려주며 그 속에 10만 원이 들어 있다고 한다. 이런이런, 내 정신이 이렇다니까! 종단을 떠나면서 돈을 여러 곳에 흩어 보관한다는 게 일부를 새 양말에 넣어두고는 그것을 업비 씨한테 주고 온 거다.

발걸음이 훨씬 가볍다. 믿을 수 있는 사람을 만났다는 게 이렇게 기쁠 수가 없다. 호남병원을 지나 월곡동 가까이 가니 꽃 잔치를 알리는 현수막이 걸려 있다. 내가 있는 곳에서 0.8킬로미터, 왕복 1.6킬로미터 거리니까 가볼 만하다. 오늘은 조금만 걷기로 했으니 마음도 가볍다. 천천히 걸어 꽃 전시장에 이르니 어느 교회 여선교회 회원들이 차 대접을 하고 있길래 나도 한 잔 얻어 마셨다. 인스턴트 커피지만 아주 맛있게 먹었다. 행사장엔 이름도 모를 꽃들이 수없이 진열되어 있다. 사고 싶은 꽃도 있지만 먼 길 가는 몸이니 구경만 할 수밖에.

나는 꽃을 참 좋아한다. 어렵던 시절, 빚을 갚느라 한 달 한 달 먹고살기도 빠듯했지만 어쩌다 돈이 생기면 퇴근길에 서점에 들러 시집도 한 권 사고 동대문시장에서 떨이 장미도 샀다. 방학이면 청량리역으로 가서 주머니에 있는 돈과 그 돈만큼 갈 수 있는 곳을 찾아 하루 여행도 떠나곤 했다. 고작해야 양평, 제일 멀리 간 게 제천이었지만 말이다. 그렇게 떠날 때면 가방 안에 편지지와 우표를 넣어 가지고 가서 출발 시간까지 기다릴 때나 짬이 날 때 친구들에게 편지도 썼다. 그것은 그 당시 내가 누린 최고의 사치였다. 돌아보면 그런 여유가 나를 버틸 수 있게 한 힘이 되어준 것 같다. 내 가슴이 더 강퍅해지지 않을 수 있게 비타민 역할을 해줬으리라.

전시장에서 나와 얼마쯤 가자니 월곡동성당 표지판이 보인다. 성당에도 들러보고 싶어 안으로 들어서니 성물 파는 곳에 젊은 수녀님이 계신다. 집에서 나올 때 묵주를 잊고 나와서 서운한 참에 묵주를 하나 살까 하니 신부님이 안 계셔서 축성을 해줄 수 없다며 작은 바구니에 담긴, 신도들이 잊고 간 묵주 가운데 하나를 골라주신다. 누구의 손에서 길이 들었는지 반들반들 윤이 난다. 그 묵주를 손에 쥐고 가만히 눈을 감았다.

눈을 감으면 항상 제일 먼저 떠오르는 사람이 두 분 어머님이다. 친정어머니와 시어머니 두 분 다 아흔 살이신데, 이 세상 떠나실 때 편히 가시기를 늘 기도 드린다. 친정어머니는 다시 태어난다면 백조가 되고 싶다고 하셨다. 한평생 우물안 개구리처럼 살아온 게 한스럽다시면서 백조로 태어나 훨훨 날고 싶다고 하셨다. 우리들 모두가 돌아갈 본향인 저곳으로 편안히 가셨다가 어머니 소원대로 하얀 백조로 다시 오셨으면 좋겠다. 다른 식구들은 건강하고 성실하고 죄짓지 말고 살아가길 기도한다. 또 지금 이 시간 여러 가지 이유들로 힘들어하고 있는 내 친구들, 친척, 이웃들, 미처 생각해내지 못한 사람들까지도 한 명 한 명 모두 어루만져주시길 기도 드린다.

나는 평소에 돈독한 신앙 생활을 하지 못하고 미사만 왔다갔다 하는 빵점 짜리 신자지만 그래도 하느님께선 나를 사랑하신다는 믿음이 있다. 어리석은 사람도 자기 자식을 위해 목숨까지 내어놓는데, 하물며 하느님임에랴……

오늘은 광주 월곡동 첨단 단지 근처 동부아파트가 보이는 공원에서 '들꽃풍경' 카페 회원인 엉겅퀴 님과 섬초롱 님을 만나기로 했다. 햇살은 밝고 공원 풍경은 여유롭다. 온라인 상에서만 만났지 실제 얼굴을 마주하긴 처음인데도 막상 만나니 어색하지 않고 오래 사귄 듯 반갑고 즐거웠다. 말 나눌 사람 하나 없이 지내다가 반가운 말벗을 만나서 더 좋았던 걸까?

헤어질 즈음, 섬초롱 님이 "안나 님, 건강하세요!" 하고 인사를 건네길래, "걱정 마! 마른 대추 썩는 거 봤어?" 했더니 둘 다 까르르 웃어댄다.

월곡동에서 비아동을 지나 담양군 대전면 대치까지는 약 19킬로미터. 조용한 시골길이라서 걷기에 좋다. 어제와 같은 13번 국도길

나는 꽃을 참 좋아한다. 어렸던 시절, 빚을 갚느라 한 달 한 달 먹고살기도 빠듯했지만 어쩌다 돈이 생기면 퇴근길에 서점에 들러 시집도 한 권 사고 동대문시장에서 떨이 장미도 샀다. 내가 누린 최고의 사치이자 내 가슴이 더 강퍅해지지 않을 수 있게 해준 비타민이었다.

이다. 오늘은 여기저기 들르고 쉬기도 많이 쉬었더니 대치에 도착하기 전에 날이 저물어버린다. 걸음을 재촉해서 대치에 도착은 했는데, 묵을 만한 곳이 눈에 띄지 않는다. 마을 노인에게 여쭈어 모텔을 찾아갔다. 그런데 현관엔 빈 박스들이 뒹굴고 있고, 1층엔 아무도 없다. 2층으로 올라가 주인 아줌마에게 방 열쇠를 받아 들고 방으로 들어가니 천장의 형광등은 전선 내장을 다 드러내고 있다.

안 그래도 하루 중 가장 힘든 시간이다. 저녁에 모텔에 들어가서 열쇠를 받아 들고 정해 준 방으로 혼자 들어서는 이 시간! 정말 그때의 쓸쓸함이란! 눈물이 핑 돌 지경이다. 어딘가 께름칙한 이부자리며 어느 모텔이나 똑같은 치약과 세숫비누도 정말 쓰기 싫다. 어두운 복도, 얄팍한 수건, 수돗물인지 생수인지 알 수 없는 물, 어딜 가나 똑같이 나눠주는 야쿠르트도 마시고 싶은 생각이 안 든다. 그런데 이 집은 거기에 을씨년스러운 분위기까지 한몫하고 있다.

배낭을 내려놓을 생각조차 못한 채 우두커니 서 있는데 전화가 왔다. 박진태 청년이다. 종단 시작 전에 인터넷 검색을 하다가 알게 된 '국토순례방'(http://cafe.daum.net/go2000mygroud)에서 만난 청년이다. 대부분이 대학생들인 그곳에서 많은 청년들을 통해 국토 순례에 대한 정보를 얻었다. 그중 특히 진태 청년과 이야기를 많이 나눴는데 그가 남원에서부터 오는 길이란다.

그가 이 을씨년스러운 모텔까지 찾아와 주었다. 저녁을 먹으러

나가려는데 방문이 잠기지 않는다. 주인에게 얘기했더니 자기가 있으니 괜찮단다. 그래도 불안하고 께름칙해서 돈과 카메라만 지니고 나와 진태 청년과 함께 저녁을 먹었다.

그가 지도 한 장을 건넨다. 들여다보니 자기가 걸었던 코스를 색연필로 표시해 둔 거다. 내가 종단을 시작한 날로부터 수시로 전화를 걸어 위치를 확인하고 격려 말도 잊지 않던 그였는데, 이렇게 자상하게 구간구간 설명을 해주니 앞으로 걷는 데 큰 도움이 될 것 같다. 마치 자기 어머니가 길 떠난 듯, 꼼꼼히 설명을 해준 그는 총총히 떠났다. 진태 차가 보이지 않을 때까지 눈으로 좇다가 방으로 들어왔다. 휑뎅그렁한 방 안에 혼자 있자니 또 마음이 이상해진다. 집에 전화를 걸었다.

"여보, 이 집은 혼자 자려니까 이상하게 무섭네."

"왜 혼자야?"

앗! 실수다!

"다른 이들은 밖에 나갔거든요."

내가 생각해도 변명이 좀 엉성하다. 이번 종단을 떠날 때 혼자 간다는 말을 하지 않고 인천산악회 여자 회원 두 명과 같이 간다고 했는데 이렇게 순간적으로 깜빡 실수를 할 때가 있다. 혼자 간다고 사실대로 말했으면 늙은 마누라 혼자 보내놓고 걱정되어 안절부절 못했을 거다. 며느리도 실수를 했단다.

"어머니 혼자 먼길 떠나시는 모습을 보니 마음이⋯⋯"

옆에 있던 아들이 며느리 옆구리를 꾹 찔렀단다.

"아니, 왜 혼자야?"

"아⋯⋯ 그게 아니구요. 나이 드신 분이 아들, 며느리도 없이 그냥 다른 분들과 떠나시는 게⋯⋯ 같이 따라가면서 보살펴드려야 하는데⋯⋯" 하고 둘러댔다나?

나는 며칠 전에도 실수를 했다.

"여보, 통닭이 먹고 싶은데 혼자 한 마릴 다 먹을 수가 있어야지."

"왜요? 다른 사람들은?"

아차! 얼른 서둘러 변명했다.

"같이 온 사람들이 닭을 싫어해요."

엉성한 변명! 그래도 남편은 한 점 의심 없이 믿었다.

잠시나마 남편 목소리 들은 게 꿈 같다.

닭 얘기를 하니 옛날 생각이 난다. 신혼 때 우린 2주에나 한 번 만나는 주말 부부였다. 주말에 신랑이 온다고 하면 온갖 정성 다 들여, 있는 것 없는 것 준비해 놓고 가슴 설레며 기다리던 신혼의 어느 봄날. 신랑 몸보신 좀 해주려고 궁리하다가 마침 그날이 장날이어서 시장에 나가 닭을 한 마리 사왔다. 살아있는 토종닭 한 마리를 사왔는데 주인집 아저씨도 밭에 나가고 안 계시고, 이웃집 사람들도 다 들에 나간 터라 도움 청할 데가 없었다. 그렇다고 차마 내 손으로 닭을 죽일 엄두는 나지 않고, 사방을 둘러보니 안집 툇마루 밑에 쓰지 않는 무쇠솥이 눈에 띄었다.

'옳지, 됐다.'

우선 다른 솥에 물을 팔팔 끓였다. 그러고는, 그러고는…… 털이 알락달락하고 벼슬이 선명하고 주둥이가 노오란 닭을 꼭 붙들어 쥔 뒤 산 채로(!) (임산부나 심장이 약하신 분은 읽지 마시라!) 솥뚜껑을 열고 그 속에다 안 들어가려고 꼬꼬댁하며 몸부림치는 닭을 인정사정 볼 것 없이 집어넣었다.(신랑을 위하야!!)

"닭아, 미안하다. 저 세상 가거든 부디 좋은 데 태어나거라" 기도도 잊지 않았다. 그러면서 솥뚜껑을 조금만 열고는 그 틈으로 사알살~ 뜨거운 물을 부었다. 솥 안에서 닭은 필사적으로 푸드덕댔고, 나는 버티고 버티다가 결국은 너무 무서워 쥐고 있던 솥뚜껑을 놔버렸다. 그 순간, 몸에 온통 3도 화상을 입은 닭이 뛰쳐나왔다. 그러고는 순식간에 울타리를 빠져 달아났다. 난 감히 닭을 잡을 생각도 못하고 부들부들 떨기만 했다.

때마침 들어오다가 그 광경을 보신 주인집 아저씨가 닭을 잡아다주시긴 했는데 난 이미 죽은 닭이지만 무섭고 끔찍해서 저녁에 신랑이 고아논 닭다리 하나를 떼어주는데 소스라치게 놀라서 도리질을 치며 싫다고 했다. 영문을 모르는 신랑은 내가 사양하는 줄 알고 자꾸 권했다. 그래서 난 닭을 싫어한다고 했다. 그후로 나는 신랑 앞에서 꽤 오랫동안 닭고기를 맛있게 먹어보지 못했다. 난 그야 말로 '닭 고문 전과자'인 셈이다. 오래 전 끔찍하게 죽은 불쌍한 닭의 명복을 이 자리를 빌어 다시 한 번 빈다.

영감을 생각해 보면 참 고맙다. 지금까지 살아오면서 내 의견을 한 번도 반대한 적이 없다. 내겐 늘 큰 나무 그늘 같고 큰 기둥 같다. 그토록 오랜 세월을 빚더미 속에서 고생하게도 했지만, 남편만큼 나를 사랑해 주고 편안하게 해주는 사람은 없다. 다시 태어나도 우리 영감 만나고 싶다고 하면 너무 닭살 돋나?!

이제 길 떠난 지 6일째. 정말로 자유로움과 외로움은 동전의 양면처럼 딱 달라붙어 있는 것일까? 그런 느낌이 더 절실하게 다가오는 밤이다. 방문이 잠기지 않아서 카메라와 돈을 베개삼아 베고 잠을 청했다.

걸은 구간: 광주 송정 – 월곡 – 비아 – 담양 대치
걸은 시간: 약 5시간 반
이동 거리: 20.6킬로미터
쓴 돈: 물 1,000원, 숙박비 25,000원, 모두 26,000원

길 위에서 단잠을 자다

3월 28일(일) 담양 대치~순창읍

아침에 텔레비전을 켜니 이런 말이 들려온다. "늦었다고 생각할 때가 가장 빠른 때다." 쉬이 사라지지 않고 후배들에게, 자식들에게 전해지는 이와 같은 살아있는 말들에는 인생의 지혜가 담겨 있다. 아닌 게 아니라 해보지도 않고 "이젠 늦었어!" 하고 포기하는 일이 우리 인생엔 얼마나 많은가! 그래서 끝내 맛도 못 보고 자신의 삶을 박제된 인형처럼 만들어버리기 일쑤다.

아침 6시 30분 모텔 출발. 햇빛이 눈부시다. 맑은 아침 공기가 기분을 상쾌하게 해주고 발바닥도 이젠 꾸덕꾸덕 굳어지기 시작하니 한결 낫다. 7시 20분, 대나무 숲 CF 촬영소를 지났다. 이른 시각이라 문을 열지 않아 구경을 못하게 되어 아쉽다. 길가에서 파는 방울토마토도 먹고 싶었지만 한 바구니씩만 팔아서 참고 지나쳤다.

9시가 넘어 담양 시내에 있는 송죽정이란 음식점 앞을 지나게 되었는데 MBC에 맛있는 집으로 소개되었단다. 대통밥 간판을 보니 입안에 군침이 돈다. 식당 간판에 적힌 번호로 전화를 걸었다.

"한 사람 식사도 되나요?"

참 내! 지금까지 전화해 보고 식당 들어가긴 처음이다. 메뉴를 보고 그 중에서 제일 비싼 대통밥과 죽순 된장국을 시켰다. 별미다. 작년 봄, 내 생일 때 남편이랑 남녘 여행을 하면서 이곳 담양엘 들렀었다. 그땐 남편이 운전하는 차를 타고 편하게 경치 좋은 곳을 구경하면서 맛있는 것도 많이 사먹었는데. 영감 생각이 나 전화를 했더니 일행이 있는 줄 아는 영감은 돈 아끼지 말고 같이 간 사람들에게 맛있는 것을 사주란다. 베란다에 있는 화분에 물 주는 것 잊지 말라는 당부를 해놓고 전화를 끊었다. 어쩐 일인지 남편하고 통화만 하면 씩씩하게 걷다가도 눈물이 난다. 고맙고 그립다.

이런 남편과 나는 1983년도에 이혼을 했었다! 하는 사업마다 실패의 연속이었던 남편으로선 처자식 볼 면목도 없었을 게다. 차마 내게 모든 걸 이야기할 용기가 나지 않았는지 일을 벌여놓고도 즉시 얘기하질 않았다. 그러다가 내가 알게 되었을 때는 이미 수습하기가 너무 힘들어진 뒤였다.

그때 가계 수표란 게 처음 나왔다. 월급을 전액 다 채권자들한테

쥐버리고는 생활비가 없어서 가계 수표로 30만 원을 앞당겨 쓰고 월급날 갚고 그 자리에서 다시 또 30만 원을 빌려 쓰고 할 때였는데, 나머지 가계 수표는 집에다 두고 다녔다.

그런데 남편이 하도 막막하니까 그 가계 수표를 가져다 쓰고는 제때에 갚지 못해 말썽이 되었다. 그해 가을 운동회를 하는데 나는 1학년을 맡아서 오전 프로그램으로 단체 무용을 끝내고 나왔는데 급사 애가 오더니 부평경찰서 형사계에서 전화가 왔다고 했다. 두근거리는 가슴으로 전화를 받으니 경찰서로 오란다.

담당 형사는 내 앞에 가계 수표 한 장을 내놓았다. 들여다보니 수표에 남편의 필적으로 사인이 되어 있다. 금액은 80만 원. 제때에 갚지 못하니까 수표를 받은 사람이 경찰서에 고발을 한 것이다. 담당 형사가 마침 옆 반 학부모여서 빨리 갚으라는 얘기를 듣는 정도로 해결 짓고 나올 수 있었다.

그로부터 사흘 뒤, 이번엔 부천경찰서에서 연락이 왔다. 그곳에서 건네받은 수표는 70만 원. 경찰서를 나서다가 여름 뙤약볕에 빈혈로 쓰러져버렸다. 정신차려 일어나 보니 길가 벤치에 사람들이 나를 데려다 눕혀놓았다. 처음 것은 시어머니가, 이번 것은 아래 여동생이 막아주었다.

그러고 나서 일주일 뒤, 이번엔 서울 동대문경찰서에서 연락이 왔다. 금액은 80만 원. 게다가 형사는 나더러 계획적으로 저지른 일이라며 "교사가 어떻게 이런 사기를 치느냐?"고 으름장을 놓았다. 당장 구속이라며 눈알을 부라렸다. 주민등록증을 복사하고 내 지문을 날인하면서 돈을 갚기 전엔 나가지 못한다고 했다.

나는 하는 수 없이 제주도 서귀포경찰서로 전화를 해달라고 했다. 형사는 의아해하면서 전화 연결을 해줬다. 동대문경찰서에 근무하다가 서귀포경찰서장으로 승진해 가신 외삼촌이 계셨다. 외삼촌께서 전화를 받더니 "너 왜 거기 가 있어?" 하시는데 아무 말도 하지 못하고 눈물만 흘렸다. 옆에 있던 형사가 대신 자초지종을 전했고, 통화를 끝낸 형사는 서장님께 미안하게 됐다며 나를 내보내주었다. 돈은 다음날로 외삼촌께서 해결해 주셨다.

그 사이에 남편한테서는 일체 연락이 없었다. 면목이 없었으리라. 나는 여러 날 고민했다. 더 이상 이래서는 안 되겠다 싶었다. 뭔가 결단을 내려야 할 때가 온 거다. 이혼을 생각했다. 자기도 모르는 사이에 나를 자꾸 의지하고 일을 벌여놓는 남편 뒷수습을 해주는 게 오히려 해가 된다는 생각마저 들었다. 그러나 아주 남남으로 헤어질 생각은 아니었다. 남편에게 어떤 계기를 마련해 주고 싶었을 뿐. 나는 여전히 그를 사랑하고 있었고, 어찌 되었든 그는 아이들 아버지가 아닌가! 고등학생인 큰아이와 의논을 했다. 아들도 내 말을 듣더니 수긍하며 내 결정에 따르겠다고 했다.

서울북부지원에 가서 이혼 서류를 가지고 왔다. 증인으로는 동생을 생각해서 동생 도장도 새겨놓았다. 그 뒤로 일주일이 지나 남편이 돌아왔다. 나는 차분히 남편에게 이혼을 요구했다. 남편이 무슨 할말이 있었겠는가. 묵묵히 듣고 있던 남편을 데리고 법원으로 갔다. 이혼 서류를 가지고 찻집으로 들어갔고, 남편은 한 자 한 자 칸을 채워나갔다. 그러다 잘못 썼다고 했다. 그러나 난 즉시 준비해 둔 여분의 용지를 내밀었다. 남편의 손이 가늘게 떨렸다.

"여보, 증인 도장이 있어야 하는데……"

난 또 지체 없이 도장을 내밀었다. 남편이 아무 말 못하고 도장을 찍었다. 서류를 법원에 접수시키고 나니 오후 4시에 오라고 했다. 점심때라서 중국집에 가서 우동을 시켰는데 그도 국물만 마셨고 나도 한 젓가락 집다 말았다. 길가 수양버들 밑에 앉아서 시간이 지나기를 기다렸다. 그날 이혼하는 부부가 스무 쌍이나 되었는데, 그 중 우리가 제일 나이 많은 부부였다. 당시 내 나이 마흔 셋, 남편 나이 마흔 일곱. 판사는 나이도 지긋한데 다시 한 번 생각해 보는 게 어떻겠느냐고 했고, 나는 충분히 생각하고 왔노라고 했다. 판사는 말없이 도장을 찍어서 두 사람에게 각각 한 장씩 나누어줬다. 그렇게 해서 우리는 남남으로 외로운 삶을 견뎌나갔다.

어느 날, 초등학교 6학년인 작은아들 일기장을 보니 이렇게 씌어 있었다.

"오늘은 눈이 왔다. 아버지가 찾아오셔서 떡볶이를 사주고 가시는데 눈이 왔다. 아버지 등에 눈이 내렸다. 아버진 어디로 가시는 걸까? 수염도 깎지 못하고 무척 야위어 보이셨다. 난 엄마가 밉다. 고생하시는 아버지를 모른 체하시다니. 매정한 엄마가 너무 밉다."

그날 뒷산에 올라 눈이 붓도록 울었다.

그러던 어느 날 남편에게서 연락이 왔다. 부천에 조그마한 공장을 차려 개업하게 되었으니 다녀가라는 거였다. 사람 세 명을 데리고 수도꼭지에 들어가는 부속을 만들어 납품하는 회사를 차렸다. 후에 들으니 물건 만드는 자재 살 돈이 없어서 친구 누나에게 달러를 선이자 주고 얻어서 납품했다고 한다.

그 일을 시작하기 전엔 남의 공장 경비로 들어가 일을 했는데 저녁엔 석유 곤로에 라면 한 봉지 끓여 먹고 잠은 베니어판을 깔고 그 위에서 담요 한 장 덮고 잤단다. 때론 잠잘 때 쥐들이 얼굴 위로 기어다니기도 했다고 한다. 그후 남편은 내가 이혼 서류를 접수시키지 않은 걸 알고 다시 찾아왔고 우리는 3년 만에 다시 모였다.

내가 살아온 걸 옆에서 본 사람들은 말한다. 어떻게 이혼하지 않고 살았느냐고. 그건 내가 남보다 참을성이 많다거나 대단해서가 아니다. 남편이 그토록 오랫동안 말못할 고생을 내게 안겨줬지만 그가 노름을 한 것도 아니고, 술이나 여자로 재산을 탕진한 것도, 게으른 것도 아니다. 다만 하는 일마다 운이 따라주지 않은 것뿐이다.

많은 부부들이 이혼을 한다. 자식까지 낳고 살다가 오죽하면 이

나무 밑으로 가서 배낭에 기대앉았다. 햇볕이 따뜻했다. 바람에 날리는 꽃잎이 얼굴에 내려와 앉았다. 그렇게 앉아 있다가 어느새 잠이 들었다. 차가 달리는 국도 옆에서 달게 자다니…… 길 위에서의 일상에 익숙해졌나 보다.

혼을 결심하라만, 그러나 이혼에 앞서 다시 생각하고 또 생각해 볼 일이다. 무엇 때문에 이혼을 하려고 하는지, 자신의 마음을 정직하게 들여다봐야 할 것이다. 어쨌든 그때 일을 생각하면 가슴이 뻐근해진다. 애들한테도 참 미안하다.

길을 걸으면서 지난 일들이 생각나서 많이 울었다. 오늘은 어찌된 일인지 다리가 무겁고 피곤하다. 순창이 16킬로미터 남은 지점, 농공단지 앞 잔디밭에 이르니 살구꽃은 활짝 피었고, 벌들은 잉잉거리며 날고 있다. 나는 잔디밭으로 들어가 무거운 배낭을 내려놓았다. 그러고는 살구나무 밑으로 가서 배낭에 기대앉았다. 햇볕이 따뜻했다. 바람에 날리는 꽃잎이 얼굴에 내려와 앉았다. 그렇게 앉아 있다가 어느새 잠이 들었다. 차가 달리는 국도 옆에서 어떻게 그리 편하게 잠을 잘 수 있었는지…… 피로가 쌓인데다가 식후에 춘곤증까지 겹쳤나보다. 길 위에서의 일상에 익숙해진 면도 있을 것이다.

30분을 달게 자고, 가던 길을 다시 걷기 시작했다. 그러다 '파라다이스'라는 이름의 레스토랑에 들어가 주스를 한 잔 마시고 푹신푹신한 의자에 앉아서 30분을 더 쉬었다. 그래도 힘들어서 1킬로미터마다 쉬어주었다. 그렇게 해서 3시 30분에서야 순창에 도착! 오늘은 여기까지가 목표였으니 일찌감치 숙소로 향해야겠다.

영빈장모텔, 시설은 다른 곳이랑 별반 다르지 않은데 숙박비를 3

만 원이나 받는다. 샤워를 한 다음, 옷을 다 벗어서 빨았다. 부르튼 발에 약을 바르고 편히 누웠다. 누워서 방 안을 둘러보니 거울 옆에 쪽지가 붙어 있다.

"조양 와따 가요. 아무리 깨워도 안 이러나서 겁피 딸아 녹코 감이다. 마싯께 드세요. 꽃다방 조양."

한참이나 킬킬대고 웃었다. 틀린 맞춤법도 우스웠지만 깨워도 잠만 잔 '바지씨'가 안됐다. 깨어난 '바지씨' 어떤 얼굴을 했을까? 그나저나 이런 쪽지를 옮겨 적고 있는 나도 우습긴 매한가지다. 참 할 일도 없지.

지도를 펴놓고 들여다보니 꽤 많이 올라왔다. 내일은 임실까지다. 부르튼 발바닥을 사진으로 남겼다.

걸은 구간: 담양 대치 – 담양읍 – 금성 – 순창 백산 – 순창읍
걸은 시간: 9시간
이동 거리: 28킬로미터
쓴 돈: 아침 밥 9,000원, 물 1,000원, 우유 및 간식 2,500원, 주스 4,500원, 숙박비 30,000원, 모두 47,000원

서로를 격려하는 말들

3월 29일 (월) 순창읍~임실읍

잠이라는 것은 정말 신비롭다. 들숨과 날숨을 반복할 뿐인데 그러고 나면 또다시 하루를 살 에너지가 생기니 말이다. 그런 걸 보면, 숨을 쉬면서 우리가 들이마시는 것이 단순히 산소뿐일까 하는 생각이 든다. 거기엔 이 우주를 한 바퀴 돌고 온, 그러니까 한 송이 꽃을 거치고, 나무를 거치고, 흙을 거치고, 동물을 거치고, 얼굴을 알 수 없는 어떤 이를 거쳐온 에너지가 담겨 있지 않을까? 그렇게 보면 우리는 숨으로 모두 연결되어 있다. 밤 내내 몸은 쉬면서 호흡으로 그 우주의 에너지를 축적하는 것이리라.

너무 힘들어서 내일 또 걸을 수 있을까 싶지만 이렇게 아침이 되면 모든 것이 새로 시작되는 기분이다. 어느새 종단을 시작한

지 8일째. 그래도 지도를 놓고 갈 길을 들여다보니 아직 많이 남아 있다.

인계면을 지나면서 아름다운 호수가 보여 잠시 배낭을 내려놓고 물수제비를 띄웠다. 수면 위를 돌멩이가 스치듯 떠간다. 아름다운 파문이 일다가 이내 잔잔해진다. 바람이 볼을 스치고, 이마에 솟았던 땀방울이 스러진다. 길가에 할미꽃이 많이 피었다. 사진기를 들이대고 몇 장 찍었다. 솜씨가 어설퍼서 싱겁게 웃어가며.

시골 학교에서 근무할 때, 애들 데리고 산에 가서 할미꽃 뿌리를 많이 캤는데…… 할미꽃 뿌리를 찧어서 화장실에 넣어두면 구더기가 없어졌다. 그만큼 할미꽃 뿌리가 독한 것 같다. 길가 밭에 감자가 꽤 자랐다. 감자 포기를 보니 주인이 북을 잘 준 밭이다. 난 감자만 보면 내 일생 일대의 실수담이 떠오른다. 지금 생각해도 부끄러워 얼굴이 화끈해진다.(이런 얘기해도 될까 몰라?!)

서울에 살 때 동네에 큰 야채 가게가 있었다. 그 가게엔 늘 싱싱한 채소며 과일들이 쌓여 있어서 즐겨 찾았다. 더구나 주인 아저씨 성격이 털털하고 야박스럽지 않아서 알뜰한 주부들이 시금치를 한 움큼 더 담아도 허허허 웃기만 했다. 그런 단골 가게를 난 하루아침에 못 가게 되고 말았다.

6월, 하지쯤이었다. 그날도 퇴근길에 그 가게에 들렀는데 가게 앞에는 막 쏟아놓은 햇감자가 토실토실 먹음직스러워 보였고, 저녁 찬거리를 사러 나온 아줌마들이 감자를 고르고 있었다. 주인 아저씨가 그 앞에 쪼그리고 앉아서 감자를 앉은뱅이 저울에 달고 있는데 반바지를 꼭 끼게 입고 있었다. 그런데 난 '밝힘증' 있는 여자도 아니었건만 왜 내 눈길이 '그리'로 갔을까? 반바지가 얇아서 그랬을까? 거시기 부분이 불룩하니, 아니 수북하니 튀어나와 있는 거였다. 냉면 대접으로 하나 가득은 될 것 같았다.

그런 경험들이 있지 않나? 머리 속으로 뭘 생각하다 보면 그 생각이 말이 되어 튀어나오는 상황 말이다. 속으로 '거시기'를 생각하다가(정말이지 나 절대 '그런' 여자 아니다!) 감자를 달라고 해야 하는 순간, 그만 이렇게 말해 버렸다.

"아저씨, 不Rall(이렇게 쓸 수밖에 없다) 한 관만 주세요."

그 순간!! 감자를 사려던 아줌마들 시선이 내게로 쏠리더니 자지러지게들 웃었다. 난 그후로 그 가게를 가지 못했다. 앞을 지날 일이 있어도 빙 돌아서 멀리 다녔다. 지금도 그 생각을 하면 죽을 맛이다. 사진의 필름이라면 싹뚝 잘라내 버리고 싶다. 에고~ 가슴속에 묻어뒀던 엄청난 나의 실수담…… 하긴 얼마나 실수를 많이 하고 살면 내 블로그에 '앗!나(안나)의 실수'라는 코너를 만들어 글을 올릴까.

그나저나 아침도 걸러 배가 고픈데 식당이 보이질 않는다. 사탕한 개를 우물거리며 계속 걸었다. 사탕 하나가 다 녹아 없어질 즈음에야 갈재휴게소를 만났는데 라면밖에 팔지 않는다. 라면을 잘 먹지 않는 나는 그곳을 그냥 지나기로 했다. 라면이고 뭐고 가릴 여유가 있는 걸 보면 배가 덜 고픈 게다. 조금만 더 가면 식당이 있겠지 하는 기대도 있었다.

갈재를 넘어서서는 조용한 소나무 산길이다. 차도 드물어 걷기에 좋다. 하지만 배는 고프고 배낭이 무겁게 느껴져 길가에 주저앉아 배낭 정리를 했다. 화장품 몇 가지, 카메라 건전지 충전기, 여벌로 가져갔던 티셔츠, 전라남도 지도 한 장, 헤드 랜턴 등 몇 가지를 꺼내 비닐 봉지에 따로 담았다. 가다가 우체국을 만나면 집으로 부칠 생각이다. 정말이지 여행할 땐 심사숙고해서 짐을 싸야 한다. 떠날 때는 꼭 필요한 것만 넣는다고 해도 막상 길 떠나보면 불필요한 게 너무 많다.

한참을 가서야 어렵사리 만난 식당에서 점심을 먹고, 임실군 덕치우체국에 갔더니 창구 아가씨가 포장까지 깔끔하게 해서 부쳐주고는 쉬었다 가라며 커피도 한 잔 타준다. 수첩에 김세정이라고 이름을 적어 넣었다. 집에 돌아가면 책이라도 한 권 부쳐줄 생각이다. 친절한 아가씨 덕에 배낭이 한결 가볍다.

괜히 기분까지 가벼워져 룰루랄라 하며 날아갈 듯이 걸었다. 그렇게 좋다고 깝작대며 걷다가 회문 삼거리에서 그만 길을 잘못 들었다. 2킬로미터나 가서야 칠보면 표지판을 보고 화들짝 놀라 되돌

"목적지를 생각하면 아직 까마득한 길이겠지만 목적지를 향해 나아가시는 게 아니라 누님 맘속의 길을 걷고 있는 것이라 생각됩니다." 아우 준상이가 보낸 메일에서처럼 나는 내 마음속의 길을, 과거와 현재와 미래의 길을 동시에 걷고 있는 중이리라.

아섰다. 그러니까 왕복 4킬로미터, 십리를 헛걸음한 거다. 누구를 탓하랴. 살아가면서도 좋은 일 생겼다고 우쭐대며 방심하다간 어느 날 엉뚱한 곳에 놓여져 있을지 모른다. 고삐를 늦추지 말고 마음을 다스릴 일이다.

2시 반, 상중상 마을 통과. 오르막 길도 두 번이나 있어서 힘들었다. 드디어 오늘의 목표지인 임실. PC방엘 가서 흘끔거리는 학생들 틈에 끼여 앉았다. 종업원 총각이 커피와 과자도 갖다준다. 내가 소속된 카페 회원들로부터 많은 격려 글이 올라와 있다.

누님. 휘이휘이 걷는 남도 길은 온통 초록빛이겠습니다. 그리도 춥고 눈 많았던 지난 겨울이 언제 왔다갔느냐는 듯 바람도 봄바람이겠습니다. 길옆으로는 노란 개나리가 폭포를 이루고, 봄기운 충만한 낮은 산등성이에는 성급한 진달래가 연분홍 꽃을 부끄러운 듯 틔워 냈겠습니다. 햇빛을 톡톡 튀겨내는 초록 잎새가 주는 한 철 윤회의 싱그러운 산하. 그건 살 떨리는 각성이고 길 위의 사람들에게 환희를 불러일으키는 풍경이겠습니다.

봄은 남녘에서, 산 위에서 먼저 옵니다. 느릿느릿 걷고 계신 누이의 발걸음에 맞춰 꽃의 북상도 조금 속도를 늦춰줬으면 좋겠네요. 먼길 가는 나그네와 길동무가 되면 좋겠네요. 그렇지만 노란 병아리 뒤뚱거리면서도 앞서 달려가듯, 누님 걸음보다 저만치 앞서 서울에도 개나리가 활짝 피었답니다.

그러나 길가는 나그네는 여여로운 법입니다. 진달래 뒤를 이을 복숭아꽃 살구꽃 배꽃에 남녘 소식 전해 주십시오. 꽃바람 결에 들리는 누님의 발자국 소리를 듣는 느낌이 각별합니다.

전문가인 화가들도 식별할 수 있는 한계치를 넘어 봄은 색깔의 잔치를 벌리고 있겠습니다. 그 많은 색들이 땅 속에 숨어 있었다니요. 그것들을 피우기 위해 뿌리를 내리고 있는 곳이 바로 땅 속이라는 걸 생각해 봅니다. 그러니까 그 색깔의 근원이 땅 속이라고 해도 별 반 다름이 아니겠습니다. 누님, 땅 속 어디에 이런 물감들이 숨어 있었을까요? 그리고 꽃들은 어떻게 자기들의 색깔만을 골라 땅속의 물감을 길어 올렸을까요? 나무들이 그 보물 창고에서 길어 올린 녹색의 물감을 보십시오. 햇볕에 자르르 윤기 흐르는 녹색 구릉은 순하게 굽이치는 파도와 같지 않습니까?

문득 누님이 걷고 있는 붉은 황토빛 남녘 땅은 초록 바다란 생각이 듭니다. 그 초록 바다를 가르며 유영하듯 걷고 있는 누님은 근원을 찾아 거슬러 오르고 있는 연어 같은 존재인지도 모르겠습니다. 하루 행정을 끝내고 낯선 땅 낯선 여관에서 여정을 마무리할 때 문득 외로움이 치민다는 말씀에 고개를 끄덕여봅니다.

가다 가다 힘들어 길가에서 잠시 눈을 붙이셨다는 말씀에는 미소가 떠오릅니다. 그게 바로 나그네만이 느낄 수 있는 감정이겠습니다. 돈으로 살 수 없는, 진폭이 넓은 순수라는 이름의 힘이라는 생각입니다. 묵상은 강요해서 되는 게 아닌 걸 잘 압니다. 길은 그 묵상을 보너스로 줍니다. 그 느낌들 꼭 메모해 두시길 권합니다.

산악인 신영철 아우의 격려 메일이다. 그는 히말라야를 등반한 후 1999년에 《히말라야 이야기》라는 책을 펴내기도 했다.

목적지를 생각하면 아직 까마득한 길이겠지만 목적지를 향해 나아가시는 게 아니라 누님 맘속의 길을 걷고 있는 것이라 생각됩니다. 그 길, 기억에 오래 남을 아름다운 추억의 길이 되리라 확신합니다.…… 번호 하나만 누르면 통화되는 세상이지만 그냥 철저히 혼자이신 것이 더 나을 것 같아 전화도 안 드립니다. 낼은 비가 온다는데 아직은 비 맞으며 걷기엔 별로 좋은 때가 아니라 좀 걱정이 되네요. 안 좋으면 그냥 하루 낯선 곳에서 내리는 빗방울 바라보며 느긋한 마음으로 보내보는 것도 그럴싸할 것 같은데…… 뒤척이지 않는 편안한 저녁 되세요.—누님을 좋아하는 아우 박준상

생각보다 진도가 빨리 나가시는 것 같아 걱정(?)이네요. 그만큼 같이 걸을 시간이 줄어들잖아요.^^ 저도 요즘은 가끔씩 다른 일 다 밀어버리고 또 돌다리(내 큰아들 '석교'의 애칭이다)도 좀 떨쳐버리

고(그래야 저의 소중함을 알죠. 헤헤) 당장 합류하고 싶은 마음이 불쑥불쑥 드네요. 암튼 건강 조심하세요. 그럼 내일도 씩씩한 엄마 모습 보~여주세요(이덕화 버전) ^^─귀여운 며느리

　이제 어느만큼 걸어갔는지도 궁금하고 오늘밤은 어느 곳 어느 하늘 아래서 묵을 건지도 궁금하구나. 아무리 생각해 봐도 넌 정말 대단한 친구야. 맞지?^^ 큰 배낭 메고 멋있는 모자 눌러썼을 네 모습 상상해 본다. 멋진 여행하고 많은 것 느끼고 배우고…… 너도 니 며늘처럼 책 내는 건 아니냐?^^ 우야던동 건강 챙기고! ─네 친구 구슬

　이 외에도 많은 격려 메일이 와 있다. 말 한마디 한마디가 고맙고, 힘이 난다. 한 시간이 넘도록 인터넷을 사용했는데 천 원밖에 안 받는다. 자기네 PC방에 온 손님 중에 나이가 기록이라나?
　진안 가는 길가에 있는 모텔을 숙소로 정했다. 오늘은 너무 많이 걸었다. 탕 안에 물을 받아서 지친 몸을 푹 담그니 피로가 좀 풀린다. 남편과 며느리한테 각각 전화를 했다.
　"당신이 멀리 떠나고 없으니 알겠어, 당신이 얼마나 소중한지."
　남편의 새삼스런 고백에 기분이 아주 좋아졌다. 원래 계획보다 한 며칠 더 있다 갈거나?(^^) 부부로 살면서 서로의 존재에 대해 감사하고 격려해 주기란 쉽지 않은 일이다. 늘 내 마음 말하지 않아

도 알겠거니 하고 그냥 넘어가거나 그날이 그날인 것처럼 보내기 십상이다. 그런데 이런 표현 하나가 얼마나 큰 힘이 되는지 내가 이런 말을 들어보니 새삼 알겠다.

나도 남편에게 이런 말을 편지로 보낸 적이 있다. 결혼 기념일에 아들들이 온다고 해서 외식을 할까, 나가서 근사한 공연을 한 편 볼까 하다가 만날 밖에서 사먹고 돌아다니는 큰아들네가 맘에 걸려 집으로 초대를 해놓고는 만두를 빚느라 정신이 없었다. 나는 만두는 물론이고 만두피도 사지 않고 직접 만든다. 그런데 일찍부터 준비했으면 좋았을 것을 내내 인터넷 돌아다니다가 시간에 닥쳐 두부며 숙주나물이며 돼지고기 간 것 등을 사다가 부리나케 만들었다. 밀가루 반죽하랴 길게 늘여서 칼로 썰어 조물조물 주무른 뒤 밀대로 밀랴 왔다갔다 분주했는데, 그 와중에 그래도 신랑한테 알랑대는 말을 편지로 써서 빠른 등기로 부쳤다. 결혼 기념일이니까. 그때의 일을 '시어머니와 며느리'(http://cafe.daum.net/motherdau) 카페에 이렇게 올렸다.

…… 애들이 와서 떡국 맛있다고 두 그릇씩 먹고 갔는데 난 그만 파김치가 되어버렸어요. 그 와중에 그래도 신랑한테 편지를 써서 부쳤지요. 그렇게 자주 산엘 다녀도 싫은 내색 한 번 하지 않고 흔쾌히 보내줘서 고맙다는 둥 새해엔 좋은 아내가 되겠다는 둥 별별 소릴

다 했지요. 못생긴 게 가끔 가다 닭살 돋는 짓도 하지요?(흐흐 그러
니까 새해엔 싫어도 어디 간다면 잘 보내주겠지여?)

오후에 남편한테서 전화가 왔어요. "여보! 웬일이에요? 당신 편
지 받고 너무 감동해서 가슴이 뭉클했어. 이 사람아! 정말 날 그렇게
사랑해?" 이러더라구요. ㅎㅎㅎ (으으윽 닭살 돋아!)

오늘 저녁에 돌아온 영감 얼굴이 환하게 기쁨으로 빛나더군요.
마누라 말 한마디에 그렇게 좋아하다니…… 까짓 거 돈 안 드는데
여러분도 자주 그렇게 해보세요. 비위 상한다구요? 그래도 밖에 나
가 고생하는 신랑들 따뜻하게 잘 다독여줍시다. '밖으로 도는 신랑
안으로 끌어들이자!' ㅎㅎㅎ —늙은 여우가.

걸은 구간: 순창읍 – 인계 – 임실 회문 – 구고 – 임실읍
걸은 시간: 12시간
이동 거리: 42킬로미터(잘못 걸은 길 4킬로미터 포함)
쓴 돈: 점심 4,000원, 물·우유 1,900원, 우편 요금 3,300원, PC방 1,000원, 사과 5,000원, 실세
　　트 2,500원, 김밥 1,000원, 숙박비 25,000원, 모두 43,700원

행운을 찾느라 행복을 놓친다면……

3월 30일(화) 임실읍~진안읍

세상에! 새벽에 깨어보니 불도 켜놓고 텔레비전도 켠 채다. 어제 너무 무리를 했나보다. 6시가 되니 어둠을 걷어내며 날이 희부옇게 밝아왔다. 간밤에 내린 비로 도로가 젖어 있다. 멀리서 닭 울음소리가 들린다. 얼마 만에 들어보는 닭 울음소리인지…… 어릴 적 고향으로 돌아와 있는 듯한 느낌이다.

안개가 자욱하게 낀 호젓한 길을 두 시간이나 걸었는데도 사람 하나 만나지 못했다. 길옆으로는 맑디맑은 도랑물이 돌돌돌 소리를 내며 흐르고, 도랑 옆에는 지천으로 핀 제비꽃과 개불알꽃들이 아침 햇살을 받아 눈부시다. 길 오른쪽으로는 보리밭과 마늘밭이 끝 간 데 없이 푸르다. 그야말로 진초록 바다다.

풀잎 하나가 거기, 제자리에 있음으로 해서 온 들녘이 균형을 이룬다면, 사람 사는 세상은 어떨까? 한 사람 한 사람이 있어야 할 곳에 제대로 있음으로 해서 세상도 저 들판처럼 균형을 이루지 않을까?

냉이 한 포기까지 들어찰 것은 다 들어찼구나

네잎클로버 한 이파리를 발견했으나 차마 못 따겠구나

지금 이 들녘에서 풀잎 하나라도 축을 낸다면

들의 수평이 기울어질 것이므로.

—정채봉, 〈들녘〉

　이파리 하나 따지 못하겠다고 표현한 시인의 마음이 어땠을지, 초록의 바다를 보고 있자니 저절로 알겠다. 풀잎 하나가 거기에 있음으로 해서 온 들녘이 균형을 이룬다면, 사람 사는 세상은 어떨까? 한 사람 한 사람이 있어야 할 곳에 제대로 있음으로 해서 세상도 저 들판처럼 균형을 이루지 않을까?

　네잎클로버의 상징이 '행운'임은 누구나 알 것이다. 그리고 그 '행운'을 찾기 위해 풀밭을 이 잡듯이 뒤져본 경험도 있을 게다. 그러면 흔하디 흔한 세잎클로버가 상징하는 것은 뭘까? '행복'이란다. 네잎클로버를 찾기 위해 수많은 세잎클로버를 짓밟고 다니는 것처럼, 어쩌면 우리는 행운을 잡기 위해 주변에 널린 행복을 알아채지 못하고, 때론 짓밟고 무시하고 있는지도 모른다. 혹은 나의 행운을 위해 너의 행복을 짓밟고 있는지도 모르겠다.

　8시 40분. 드디어 진안군이다. 길가 이정표에 관촌·전주는 742번 도로, 무주·진안은 30번이라고 써 있다. 1982년도에 남편이 관촌 도로변에 쥐똥나무 심는 공사를 하청받아 했었는데…… 관촌 이라는 지명을 보니 감회가 새롭다. 그때 그 회사로부터 받은 어음 이 부도가 나서 공사하느라 얻었던 빚은 고스란히 우리 몫이 되었 고, 우리는 끼니를 굶는 최저 생활을 했었다. 세 끼를 굶고 출근한 어느 날, 반장 아이 엄마가 사온 장미꽃 바구니를 받아들며 '이게 장미가 아니라 식빵이었으면……' 하는 생각을 할 정도였으니.

어느 날엔가는 한 학부모가 시어머니 칠순 잔치를 했다며 잔치 음식을 가져왔다. 보통은 그럴 경우, 같은 학년을 맡은 선생님들을 불러 함께 먹는데 그날은 문득 애들 생각이 났다. 고기라고는 구경 도 못하는 애들 생각에 음식을 캐비닛에 넣어뒀다가 가져왔다. 애 들이 맛있게 먹을 것을 생각하니 전철을 타고 오는 내내 흐뭇했다.

애들이 학교에서 돌아오길 기다렸다가 보자기를 풀었는데, 불고 기는 그새 맛이 변해서 시큼했다. 너무 속상했다. 버릴까 하다가 물 에 헹궈서 다시 양념해서 볶았다. 애들이 맛있다며 국물 하나 남기 지 않고 먹는 걸 보며 치미는 눈물을 참기 어려웠다.

또 한 번은 수업을 하는데 누군가 나를 지켜보는 듯한 느낌에 고 개를 돌려 창 밖을 보니 채권자가 보낸 듯한 남자가(채권자의 형부 라고 했는데 해결사 같았다) 창틀에 턱을 괸 채 나를 노려보고 있었 다. 그날 퇴근할 때 그 남자는 서울 종각 뒤에 있는 '갈채' 라는 찻 집으로 나를 데리고 가서는 빚을 언제까지 갚을 건지 각서를 쓰라고 했다. 눈물 글썽이며 조금만 더 연기해 달라고 사정을 했으나 막무가내였다. 빨리 갚지 않으면 교장실로 찾아가겠다고 협박을 해댔다. 강압에 못 이겨 쓴 각서를 들고 그 사람은 찻값도 내지 않고 나가버렸다. 나는 그때 전철 정기권 한 장 달랑 들고 다니는 처지였다. 카운터에 다가가서 주인 여자에게 공무원증을 내보이며 찻값은 내일 갖다 주겠다고 했더니 내 눈에 맺힌 눈물을 보았는지 그냥 가라고 했다. 돈 때문에도 힘들었지만, 사실 사람 때문에 더 아프고 힘들었다.

그러나 또 나를 위로해 준 존재도 역시 사람이다. 그 즈음, 아침을 굶은 채로 학교에 가면 책상 위엔 빵과 과일이 놓여 있곤 했다.

"누님, 힘내세요. 길은 꼭 있다니까요!"

같은 학교에서 일하던 후배 교사의 따뜻함 덕에 나는 더 깊은 절망의 나락으로 굴러 떨어지지 않을 수 있었다. 그 후배 교사가 강화로 발령받아 떠난 어느 봄날 전화가 왔다.

"누님, 여긴 벚꽃이 한창이에요. 벚꽃나무 아래서 술을 마시면 술잔에 벚꽃이 떨어진다니까요. 한번 다녀가세요."

그렇지만 난 그곳을 가보지 못했다. 그는 가을이면 본가인 인천 집에 오는 길에 들러 "매일 아침 조금씩 주웠다"면서 반질반질 윤나는 알밤을 몇 되박씩 가져다주기도 했고 모과를 가지고 오기도 했다.

"누님, 이거 우리 집 마당에서 딴 거예요. 모과차도 만드시고 방향제로도 쓰세요."

울퉁불퉁 볼품은 없었지만 샛노란 모과의 향이 참 좋았다. 꿀에 재서 차도 만들고 방에도 두어 개 놓아두었다.

그 다음해 봄, 내 생일에 그는 세상을 떠났다. 임파선 암을 앓던 그가 수술하러 들어가기 전 "누님, 오늘이 누님 생신인데 찾아뵙지 못하네요. 퇴원하면 찾아뵐게요"라고 전화를 했었다. "어서 낫기나 해라"고 대답했는데 그게 우리가 나눈 마지막 대화다. 벚꽃잎이 꽃비가 되어 내리던 날, 나는 벚꽃나무 아래서 눈물을 펑펑 쏟고 울었다. 머리 위에도 손등에도 온통 꽃잎이었다. 후배는 술잔에 벚꽃잎 띄워가며 이야길 하자고 했는데 후배 없는 나무 아래서 나 혼자 꽃비를 맞고 있었다.

"길은 꼭 있다니까요!"라고 말하던 그 후배는 젊은 날에 그것을 어찌 알았을까? 힘들었던 그 일들은 지금 과거가 됐고, 나는 오늘 이 길을 이렇게 걷고 있다. 돌아보면 젊어서 고생을 했다고 해서 누구나 노년이 평탄하리라는 보장은 없는 건데, 지금이라도 이렇게 평안한 노년을 보낼 수 있음에 감사할 뿐이다. 아마도 내가 행운만 바라고 행복에 눈을 돌리지 못했다면 빚 갚느라 힘들었던 20여 년 동안 나는 단 한순간도 행복을 맛보지 못했을 것이다.

오늘은 온종일 30번 국도를 따라 걷고 있다. 운교리를 지나다 할머니 한 분을 만났다. 어디까지 가느냐기에 진안까지 간다고 하니까 지름길을 일러준다. 지도를 들여다보니 운교리에서 가림리까지 일직선으로 갈 수 있는 지방 도로가 보인다. 아마 두 시간쯤 거리가 단축될 듯싶다.

잠깐 갈등했다. 지름길로 몇 미터 갔다가 아무래도 맘에 걸릴 것 같아서 되돌아서서 처음에 계획한 길로 갔다. 그러다가 너무 힘든데 질러가는 것도 나쁘지 않을 것 같아서 다시 지름길로, 그러다가 다시 또 원래 계획한 길로 가기로 마음을 고쳐먹었다. 그래놓고도 몇 미터를 걸을 때까지 지름길에 대한 미련을 버리지 못했다.

살면서도 얼마나 많은 지름길의 유혹이 있던가! 양심을 속이고 쉬운 길을 택해서 사는 사람, 그래서 아파하는 사람, 올바른 길을 택해 사는 것이 힘에 겨울 땐 차라리 그때 편한 길을 택했더라면 하고 후회하는 사람도 있을 것이다. 그 정도면 양반일까? 자기가 지금 어떤 길을 가고 있는지조차 모르는 사람도 있을 테니까. 어떤 길을 걷고 있는지, 어떤 마음으로 걷고 있는지 알아차리기 위해서라도 깨어 살 일이다.

평지 마을이다. 길가에 소나무를 베어 쌓아놨는데 소나무 자른 곳에서 송진이 흐르고 있다. 오랜만에 송진을 씹어보았다. 어릴 적엔 학교 수업만 끝나면 껌을 만들려고 마을 뒷산으로 올라가 송진을 땄었다. 그 껌에 빨간 크레용을 넣어 씹으면 분홍색 껌이 될 뿐 아니라 부드러워지기도 했다. 씹다가 싫증나면 뱉어서 필통 안쪽에 붙여두었다가 다음날 학교에 가서 자랑도 꽤나 했었는데.

몇십 년 만에 씹어보는 송진인가? 씁쓸하면서도 향긋한 솔 향내가 입안에 맴돈다. 길을 걸으며 만나게 되는 빈집들이 꽤 있다. 한때는 여러 식구들이 모여 오순도순 살았을 텐데, 울타리 너머로 매화꽃만 소담스럽게 피어서 더 쓸쓸해 보인다.

멀리 마이산의 두 귀가 보인다. 벚꽃 길을 따라가면서 벚나무 가지 사이로 보이는 마이산을 찍으며 걸었다.

오늘 묵을 곳은 들풍 님의 친구인 박이두 님 댁이다. 오후 2시 반, 진안 로터리 앞 슈퍼마켓에 도착해 전화를 거니 5분도 채 안 되어서 마중을 나왔다. 앞 너른 마당에는 꽃들이 피어 있고, 한켠엔 늠름하고 귀티 나게 생긴 개가 편하게 누워 있다가 벌떡 일어선다. 자그마한 할머니인 나를 보고는 안심한 듯 다시 눕는다. 처음 뵙는 박 원장님은 걸걸한 목소리로 사람을 편하게 해주었는데 눈초리며 몸짓이 예사 분 같지 않다.

집안으로 들어서니 통유리를 통해 용담호의 푸른 물이 한 눈에 들어온다. 나도 모르게 아! 하는 탄성이 흘러나온다. 마치 거실 창틀이 액자 프레임 같고, 그 안에 보이는 호수가 한 점의 그림 같다.

밖에 볼일이 있다며 그 동안 쑥물 우려놓은 욕실에서 목욕을 하라고 하신다. 빈집에 혼자 남아서 머리도 감고 세수도 했지만 탕에까지 들어가 호사를 누리기엔 왠지 염치가 없어 그냥 대야에 쑥물을 받아 발만 담갔다. 더구나 안주인인 부인이 다리 부상으로 병원에 치료받으러 갔다는데 빈집에서 혼자 부산떠는 것 같아 참기로 했다. 내 집처럼 여기고 편히 쉬다 가라는 말씀만으로도 충분히 고마웠다. 저녁은 두 분 내외와 같이 식당에 가서 삼겹살을 구워서 꿀떡꿀떡 소리를 내며 맛있게 먹었다. 아침도 점심도 굶었으니 말해 무엇하랴!

안채에서 떨어진 황토방에 혼자 누웠다. 편하고 좋다. 오랜만에 개운한 잠자리에서 단잠을 잘 수 있을 것 같다.

걸은 구간: 임실읍 – 성수 – 진안 운교 – 평지 – 진안읍
걸은 시간: 9시간
이동 거리: 36킬로미터
쓴 돈: 간식 7,720원, 모두 7,720원

사랑하는 나의 동생들

3월 31일 (수) 진안읍~무주읍

긴장된 탓인지 누가 깨우지 않아도 새벽 4~5시면 눈이 떠진다. 오늘은 새벽 4시에 일어났다. 대충 준비를 하고 밖으로 나가 보았다. 하늘에 별이 총총 빛나는 걸 보니 비는 오지 않을 것 같다.

아침밥 생각이 없었지만 6시 20분에 아침을 먹기로 하겠다는 원장님 말씀이 있었기에 안채로 건너갔더니 이미 준비가 다 되어 있다. 입안이 깔깔했다. 하지만 준비해 주신 정성도 고맙고 또 먼길 가려면 든든히 먹어둬야 할 것 같아 밥 한 공기와 쑥국 한 그릇을 다 먹었다. 거기다가 약초즙까지 마시고 나니 숨이 다 가쁘다.

원장님이 내 배낭을 들어보더니 깜짝 놀라신다. 무슨 배낭이 이리 무겁냐면서 내용물들을 다 내놔보라신다. 이런 배낭 메고 가다

간 목적지까지 못 간다며 웬만한 건 다 꺼내란다. 내가 보기엔 그리 덜어낼 것도 없는데…… 결국 사탕 한 봉지만 빼놨다. 그런데 막상 집을 나서려니 가다가 먹으라며 토종꿀을 담아주신다. 그것도 유리병에다가. 이런! 사탕 봉지보다 훨씬 무겁다.

원장 사모님께서는 나더러 바로 무주 방향으로 가라신다. 그러면 세 시간 정도는 절약되겠지. 하지만 원래 계획한 대로 가고 싶다. 원장님 차로 내가 어제 차를 탔던 진안 로터리까지 되돌아갔다.

인생을 '맛있게' 살라고 하신 박 원장님의 말씀이 오래 기억에 남는다. 그렇다. 얼마 남지 않은 여생, 아니 얼마가 남았을지도 모르는 인생, 멋있게, 맛있게 살아보자! 하루하루를 맛있게 살면 일생이 맛있으리라.

박 원장님과 인사를 나누고 진안 로터리에서 7시에 출발했다. 좀 전에 차로 왔던 길을 다시 걸었다. 아침 공기가 신선하다. 가끔씩 뒤돌아보면 마이산의 두 봉우리가 날 지켜보고 있다. 누가 지었는지 이름 하나는 기가 막히게 잘 지었다. 정말 말 귀 같으니 말이다.

월포대교를 건넜다. 걸음 수를 세어보니 1,550걸음. 어림잡아서 1킬로미터는 넘을 듯하다. 꽤 긴 다리다. 햇빛을 받은 강물은 금빛으로 빛나고 주변 봄 풍경도 아름답다. 다리 난간에 기대어 한참을 내려다보았다. 정겨운 사람들 얼굴이 떠오른다. 왜 아름다운 경치를 보거나 맛있는 걸 먹게 되면 꼭 가까운 이들이 생각나는 걸까!

이번엔 550미터의 용평대교를 건넜다. 오늘은 계속 아름다운 경치를 보며 걷는다. 동생 묘화한테서 전화가 왔다.

"어디야?"

"진안."

"언니, 조심해서 다녀! 끼니 거르지 말구!"

길떠난 늙은 언니가 걱정되나보다. 난 여동생이 아래로 셋이다. 나를 맏이로 해서 묘화, 명화, 막내 연화. 남동생도 둘이 있지만 여자 형제들끼리 더 자주 만난다. 묘화는 성격이 명랑하고 우스갯소리 잘해서 주변 사람들을 곧잘 웃기고, 음식 솜씨도 좋아 사람들에게 인기가 좋다. 가끔 별식을 해놓고 형제들을 불러서 먹이곤 한다. 내게는 언니같이 든든한 동생이다.

명화는 알뜰한 살림꾼이다. 살림 솜씨도 맵고 절약하는 데는 아무도 못 당한다. 그러면서도 쓸 데는 아끼지 않고 쓰는 속 찬 아줌마다. 명화도 산을 좋아해서 지난해에는 추석에 빚어놓은 송편 여덟 개를 배낭에 넣고 혼자서 지리산을 다녀오기도 한 당찬 아줌마다. 지리산에 홀딱 반해 지리산 책을 외우다시피 해서 지리산의 15개 코스를 훤히 꿰고 있다.

막내인 연화는 내가 사범학교 졸업반 때, 경주 수학 여행 다녀오는데 동네 아주머니가 "느네 엄마 딸 낳았다"고 가르쳐준 동생이다. 나하고는 18년 차이다. 내가 일찍 낳은 딸 같다. 연화는 머리도

긴 어둠의 터널 속에서 더 깊은 어둠을 좇는 사람은 없을 것이다. 한 줌의 밝은 빛을 향해 나아가듯, 살면서 닥치게 되는 어둠 속에서도 우린 빛을 보고 걸어야 하리라. 그 빛의 끝에 또 길이 있음을 확신하며.

좋고 재능도 있다. TV에서 하는 '낱말 맞추기 게임'에 나갔을 때, 동생은 설명하고 나는 맞추기를 했는데 어찌나 재치있게 설명을 잘하는지 우승을 해서 제주도 여행권을 타기도 했다.

바로 아래 동생인 남동생 정연이는 나하고 다섯 살 터울이다. 회사 운영을 하는데 꼼꼼해서 빈틈이 없다. 종갓집 장남으로 아래 동생들 잘 보살피고 집안 대소사를 맡아 주관한다.

남동생 춘연이는 과묵하면서도 효자다. 아버지 돌아가신 뒤에 학업을 계속하느라 고생을 많이 했는데 자수성가해서 지금은 탄탄한 회사를 운영하고 있다.

동생들이 많으니 티격태격도 하고 삐치기도 잘 한다. 그러나 무슨 일이라도 생기면 언제 그랬냐는 듯 한 덩어리가 되어 거뜬히 해결해 나간다. 어머니 당부도 형제끼리 우애 있게 살라는 거지만 꼭 그 말씀이 아니더라도 우리 형제들은 남들이 다 부러워할 정도로 우애가 좋다. 어머니께서 "며칠 날 무슨 일이 있으니 모여라" 하면 6남매 모두 열 일 젖혀두고 모인다. 한 달에 한 번은 함께 등산을 하기도 하고 여행도 간다. 지난해에는 벚꽃 필 때 휠체어에 어머니를 태우고 경주를 한 바퀴 돌아오기도 했다. 나이 들어가니 서로 더욱 아껴가며 사이 좋게 지내고 있다. 이 구심점 안에 어머니가 계신다!

내 위로 오빠가 한 명 있었다고 한다. 태어난 지 얼마 되지 않아 저 세상으로 간 무남이라는 이름을 가졌던…… 무남이가 태어난

지 일곱 달쯤 되었을 때, 어머니의 시아버님이 돌아가셨단다. 아기를 안고 젖먹일 시간이 없어서 동네 아이들에게 맡겼는데 아이들이 찬물에 우유를 타준 게 탈이 났다. 설사가 계속되었고, 그 와중에 시어머님이 몸져누우셨다. 그때는 애를 병원에 데리고 가는 것도 흉이 되는 때라서 약만 사다 먹였는데, 결국 시아버님에 이어 시어머님이 돌아가셨고, 큰일을 다 치른 뒤 병원엘 갔더니 이미 늦었다고 했다. 그때 어머니의 심정은 어머니가 쓰신 책 《가슴이 하고 싶었던 이야기》에 보면 잘 나와 있다.

그땐 남의 집에 세 들어 살았는데 주인집 여자가 자기 집에서 애 죽이는 것이 싫다고 해서 날만 밝으면 애를 업고 밖으로 나가곤 했다. 사흘째 되는 날인가, 풀밭에 애를 뉘여놓고 들여다보며 가여워서 "무남아!" 하고 부르니까 그 어린 것 눈가에 눈물이 흐르는 게 아닌가. 그날 밤을 못 넘길 것 같아서 시집 올 때 해온 깨끼치마를 뜯어 무남이 입힐 수의를 짓는데, 어찌나 눈물이 쏟아지는지. 겨우 숨만 걸린 무남이에게 수의를 갈아입히니 작은 무남이 어깨가 다 드러났다. 그렇게 안고 들여다보고 있으려니 첫닭 울 때 숨이 넘어갔다.
즈이 아버지가 주인 여자 깨기 전에 갖다 묻는다고 깜깜한데 안고 나가 묻었다. 어디다 묻었냐고 나중에 물으니 뒷산 상여집 뒤에 묻었단다. 왜정 때라 부역하듯이 집집마다 일을 나갔는데 나도 나오

124

래서 나갔더니 하필이면 일하러 간 곳이 상여집 뒷산이었다. 그곳을 지나며 보니까 새로 생긴 듯한 작은 돌무덤이 봉긋하게 있는데, 그걸 보는 순간 그 자리에서 까무러쳐서 정신을 잃었다.

지금 생각하면 무남이는 생으로 죽인 거나 다름없다. 제때에 병원에만 갔으면 살았을 것을. 태어난 지 아홉 달 만에 죽은 우리 무남이. 쓸쓸한 바람 부는 계절이 오면 깨끼옷 입은 불쌍한 무남이가 추울 것만 같아서 가슴이 절이다 못해 애간장이 다 녹는 것 같다. 가여운 내 새끼야, 이 에미를 용서해다오.

자식이 죽으면 가슴에 묻는다는 말이 맞다. 어머니는 50년이 지났는데도 그 일을 잊지 못하시고, 말씀을 하실 적마다 마르지 않는 눈물을 흘리신다.

얼마 전엔 둘째 남동생이 심장 수술을 했다. 동생이 누운 침대에 붙여진 패찰을 보니 이름 옆에 51세라고 적혀 있었다. 어쩐 일인지 지금까지 동생 나이를 40대로만 생각해 왔는데 어느새 동생도 쉰이 넘었다는 걸 확인하고는 코허리가 시큰해졌다. 6남매가 모두 건강해서 이 세상 떠날 때 차례대로 가기만을 간절히 비는 마음이다. 그게 또 어머니께는 효도하는 것이리라.

말로만 듣던 불로치터널이 나왔다. 불로치不老峙는 '늙지 않는 언덕' 이란 뜻이 아닐까? 500미터에 이르는 긴 터널인데, 안에 들어서니 바람도 불고 무서웠다. 더구나 차가 한 대 지나가면 울림 현상이 일어 귀가 먹먹했다. 조마조마한 마음으로 걷는데 갑자기 뒤에서 터널이 무너질 듯한 굉음과 함께 "와~" 하는 고함 소리가 들려왔다. 너무 놀라서 주저앉을 뻔했다. 오토바이 폭주족들이다. 어찌나 놀랐던지 터널을 빠져나오고 나서 맥이 탁 풀렸다.

얼마 안 가 조금재터널이 또 나왔다. 두 개의 터널을 지나느라 가슴을 졸인 탓에 무주를 4킬로미터쯤 앞둔 길에서 용곤이 아우를 만났을 때는 정말이지 반가워서 눈물이 날 뻔했다.

용곤이 아우는 산악회 후배다. 내 도보 여행 길에 한 구간만이라도 같이 한다고 온 거다. 아우를 만나니 든든하고 맘이 놓인다. 지금까지 혼자 잘도 견뎠으면서 괜히 의타심이 생긴다. 오랜만에 식당에도 의기양양하게(?) 들어갔다. 오늘은 나도 일행이 있다 이거다! 삼겹살을 시켜서 배부르게 먹었다.

저녁에 용곤이가 하는 얘길 듣다가 어느새 잠이 들었는지도 모르게 곯아떨어졌다. 마음이 놓이고 편했나보다.

걸은 구간: 진안읍 - 수동 - 불로치터널 - 노성 - 조금재터널 - 무주 사천 - 무주읍
걸은 시간: 10시간
이동 거리: 38킬로미터
쓴 돈: 음료수 외 10,000원, 저녁 밥 30,000원, 숙박비 25,000원, 모두 65,000원

효도하고 싶어도 부모가 기다려주지 않는다

4월 1일(목) 무주읍~영동읍

오늘은 영동까지 국도로 가지 않고 천마령을 넘어서 가기로 했다. 혼자서는 엄두도 내지 못했을 텐데 용곤이 아우가 있으니 든든하다. 오랜만에(?) 등산할 생각에 마음도 가볍게 설렌다. 동행! 얼마나 좋은 말인가. 동행이 있으면 어딘들 못 가랴 싶다. 고달픈 인생길에서도 좋은 동행을 만난다면 그만한 행운이 없겠지.

아침은 기사 식당에서 먹었다. 혼자였다면 아마 아침을 걸렀을 게다. 자판기 커피까지 먹을 수 있었으니 오늘 아침은 그야말로 호강이다. 물도 두 병 사서 넣었다. 시원한 가로수 길을 지나 오산 마을로 들어섰다. 상장백을 거쳐 자계리를 지나고, 황지리 마을에 들어서니 온 마을이 표고버섯 재배 단지다. 토막토막 잘라낸 참나무

토막에 구멍을 내서 그 속에 버섯 종균을 넣는다. 인부들이 일하는 곳 가까이 가서 천마령 가는 길을 물으려니 좀 미안하다. 남은 일하는데 놀러 다니는 것 같아서…… 그래도 어쩌랴. 우리는 우리 갈 길을 가는 수밖에.

길을 묻는데 옆에 있던 젊은 아줌마가 새참을 막 끝낸 참이라면서 남은 걸 먹고 가란다. 점심때도 됐고 해서 사양 않고 천막 안으로 들어갔다. 엄청 큰 그릇에 담겨 나온 음식을 보니 밥과 김치와 콩나물과 가래떡 썬 것을 함께 넣고 죽처럼 끓였는데 퉁퉁 불었다. 구미가 당기진 않았으나 일정을 생각해서 푹푹 떠먹었다. 일하는 아줌마가 우릴 흘금흘금 보길래 내가 "아들이에요" 했더니 "어쩐지 닮았다 했어요. 참 효자시네요" 이런다. 우린 마주보고 웃었다. 용곤이가 내 농담에 기분 상했으면 어쩌지? 이 못난 할망구랑 닮았다는 소리까지 들었으니.

인부가 가르쳐준 방향으로 산을 향해 올라갔다. 조붓한 길을 따라 얼마쯤 올라갔는데 갑자기 길은 끊기고 가시덤불이 앞을 가로막았다. 지난해 비에 길이 무너져서 끊긴 게 아닌가 해서 그냥 더 가보자고 했다. 용곤이가 나무 막대기로 가시덤불을 헤쳐가며 앞으로 조심조심 나아갔지만 어느새 두 사람 모두 가시덤불에 긁혀 얼굴도 손등도 온통 상처투성이가 되었다.

한 시간 가량 그렇게 가시덤불과 싸우며 올라갔지만 실제로 오른 것은 불과 몇 미터도 되지 않는 것 같다. 게다가 가시덤불은 앞으로 갈수록 더했다. 이젠 앞으로 나갈 수도 되돌아갈 수도 없게 되었다. 거미줄에 걸린 곤충이 된 기분이다. 우리는 옆 능선으로 올라가기로 했다. 그러나 허리 높이보다 더 높은 언덕 위로 올라서야만 그 길로 갈 수 있다. 용곤이가 잠시 심호흡을 한 뒤 펄쩍 뛰어올랐다. 용곤이가 손을 잡아주었지만, 올라서느라고 매대기를 쳤더니 나는 온몸이 흙강아지가 되었다. 옆 능선으로 올라가려니까 이번엔 경사가 어찌나 가파른지 무서웠다. 이쪽 나무 기둥을 잡은 다음, 저쪽 나무 기둥으로 옮겨 잡으려면 벌벌 기어서 올라가야 했다.

그렇게 천신만고 끝에 겨우 능선 위에 올라서 보니 웬걸! 이 길이 아닌게벼! 이쪽 능선에서 저쪽 능선으로, 저쪽 능선에서 또 다른 능선으로 그렇게 오르내리기를 몇 시간을 하다보니 이름 모를 산에 이르렀다. 높이가 950미터나 되는 산인데 사람 다닌 흔적이 없다.

용곤이는 그래도 당황하는 기색이 전혀 없다. 나도 용곤이에게 부담이 될까봐 아무렇지도 않은 척 노래까지 흥얼거리며 뒤따랐다. 마침내 길을 찾아내서 내려오긴 했는데 산간 벽지 마을이다. 버스도 하루에 네 번밖에 안 다니는 곳이다.

내천마동과 외천마동을 거쳐 산막저수지를 지나는데 저수지가 참 아름답다. 용곤이가 계속 사진을 찍길래 나도 서투른 솜씨나마 함께 찍었다. 어딘지도 모르는 곳에 있으면서 참 속도 좋지. 다시 남전리를 지나 괴목리를 지나는데 비까지 내린다. 우산을 썼지만 옷이 다 젖었다.

가까이 보이는 여관에 숙소를 정했다. 밤새 비는 내리고, 영동역 근처인 까닭에 기차 소리도 자주 들린다. 난 경적 소리만 들으면 아버지 생각이 난다. 한 번도 잘사는 내 모습을 보지 못하고 돌아가신 아버지……

내가 작은아이 민교를 낳은 건 1968년 1월 3일이다. 일년 중 가장 추운 때였다. 병원비가 없어서 집에서 남편이 직접 아이를 받았는데, 월급은 빚 갚고 수중엔 돈 한 푼 없었다. 집엔 쌀도 연탄도 다 떨어진 상태였다. 돈을 마련하러 서울로 간 남편은 소식이 없고, 집에 먹을 거라곤 메주콩 한 되뿐. 단골 쌀가게에 가서 외상으로 쌀을 얻어보려 했지만 차마 용기가 나지 않았다. 쌀집 앞을 그냥 지나쳐 갔다가, 되돌아올 때는 꼭 말해야지 했지만 다시 지나쳐오고 다시 또 가고…… 그러기를 몇 번을 되풀이하다가 결국은 그냥 돌아와 메주콩을 삶아서 먹었다.

연탄도 없으니 냉방이었다. 아이랑 산모가 차디찬 냉방에서 이불로 김밥 말듯이 돌돌 말고 자고 나면 다음날 아침 이불깃에 얼음이 얼어 바작바작했다. 밤새 입김 때문에 생긴 얼음이다. 참으로 신기한 것이 그렇게 지냈는데도 그해 겨울, 나와 아이는 감기 한 번

걸리지 않았다.

그렇게 지내고 있던 어느 날 부모님께서 찾아오셨다. 방은 냉골에 쌀통엔 쌀 한 톨 없이, 꽁꽁 언 메주콩만 윗목에 있는 걸 보신 어머니께선 "이 독한 것아! 에미한테 연락하지 않고 이게 뭐 하는 짓이냐?"며 꺼이꺼이 우셨다.

나 혼자 겪으면 될 것을 효도는 못할망정 심려를 끼쳐드리고 싶지 않은 마음에 알리지 않았는데, 돌아서신 아버지 어깨도 흔들렸다. 평생 엄하셨던 아버지께서 뒤돌아 눈물 흘리시는 걸 보며 나도 울었다. 정말이지 면목이 없었다.

부모님께서는 그날 연탄 200장과 쌀 한 가마를 사주고 가셨다. 어머니께선 나더러 친정으로 가자고 하셨지만 나는 싫다고 했다. 남편이 집에 왔다가 내가 없으면 어쩌나 싶어서였다. 정말 부부 사이란 이상하다. 아무리 화가 나서 남편 원망을 하다가도 남이 내 남편 험담을 하거나 심지어 어머니가 딸 고생하는 게 속상해서 사위 욕을 해도 듣기 싫었다.

어쨌거나 난 부모님 가슴에 대못을 친 셈이다. 어머니께서는 내가 하도 오랜 세월 고생만 하니까 "넌 복 받으러 갈 때 구멍 숭숭 뚫린 떡시루 가지고 갔냐?"고 하셨다. 어떤 때는 한탄하듯이 "아이고~ 저렇게 고생할 줄 알았으면 차라리 낳은 뒤에 바로 엎어놓을 걸……" 이런 말씀도 하셨다. 오죽하셨으면! 그때 어머니 심정을

"더 이상 잃을 것도, 망할 것도 없다. 맨 밑바닥까지 갔으니 이젠 올라오는 길밖에 안 남았어." 삶의 깊은 나락으로 떨어져 있을 때 나를 일으켜세운 어머니의 말씀이다. 힘든 일에 부딪칠 때마다 그때를 거울삼아 비춰보곤한다.

너무도 잘 안다. 살기가 힘들어서 죽을 결심을 하고 마지막으로 어머니를 찾아뵈었을 때, 내 마음을 아시기라도 한 듯 어머니께선 내게 이렇게 말씀해 주셨다.

"넌 이제 괜찮다. 더 이상 잃을 것도 없고 더 이상 망할 것도 없다. 맨 밑바닥까지 갔으니 이젠 올라오는 길밖에 안 남았어."

정신이 번쩍 들었다. 어머니의 그 한마디에 용기를 얻어 나는 다시 일어섰다.

그렇게 세월이 흘러서 작은아이가 학교에 들어갈 만큼 자랐지만 우린 여전히 가난했다. 그해 여름, 아버지가 정년 퇴직을 하신 뒤, 내가 근무하던 경기도 포천군 일동초등학교로 찾아오셨다. 퇴직하고 집에 계시니 딸네 집에 바람이라도 쐬러 오시고 싶으셨던 거다. 모처럼 오셨는데 쇠고기 반 근 사다가 국 끓여드린 게 고작이었다.

8월의 무더운 날씨에 남편은 장인이 오셨다고 산정호수로 아버지를 모시고 갔다. 아버지께 맥주를 사드리려고 했지만 아버지께서는 싫다고 하셨다. 더운데 한 잔만 드시라고 다시 권했는데 막 화를 내셔서 결국 사드리지 못했다. 아버지께선 맥주를 참 좋아하셨는데 말이다.

그리고 버스 타고 떠나실 때 아버지께 드린 3천 원을 차창 밖으로 내던지고 가셨다. 너무나 가난하게 사는 딸을 보고 가신 아버지의 가슴에선 피눈물이 흘렀을 게다. 아버지는 그해 겨울 돌아가셨다. 좀더 사셨으면 딸 노릇을 한 번이라도 제대로 했을 텐데……
아니, 대단한 효도는 말고라도 그저 밥 굶지 않고 단란하게 살아가
는 모습이라도 보고 가셨으면 좋았을 것. 효도를 하고 싶어도 부
모가 기다려주지 않는다는 옛말이 어쩜 그리 딱 맞는지.

뒤늦게 한 분 남은 어머니께라도 잘해야지 생각하지만 그 역시
마음 같지 않다. 혼자 계시는 게 걱정되어 집으로 가시자고 하면,
"애 낳을 때 누가 옆에 있다고 안 아프고, 죽을 때 누가 같이 있다
고 도와줄 수 있냐? 혼자 있다 죽으면 더 바랄 게 없지" 하시며 한
사코 마다하신다. 혼자 계시다 가시게 될까봐 늘 조마조마하다.

기적 소리를 들으며 오랜만에 아버지 생각에 흠뻑 빠져 있었다.
모처럼 찾아온 용곤이랑 얘기도 좀 하고 잤더라면 좋았을 것을 열
한 시간이나 걸은 탓에 그냥 쓰러져버렸다. 용곤이한테 미안하다.
밤새 비는 내리고 기차 소리가 간간이 빗소리를 가르고 있다.

걸은 구간: 무주읍 – 오산 – 상장백 – 영동 자계 – 구백이 – 내천마동 – 외천마동 – 산막저수지
　　　　 – 남전 – 괴목 – 영동읍
걸은 시간: 11시간(4시간 산행 포함)
이동 거리: 27킬로미터(산행 거리 제외)
쓴 돈: 아침 밥 10,000원, 음료수 외 간식 9,800원, 저녁 밥 10,000원, 숙박비 25,000원, 모두
　　　 54,800원

"여보, 벚꽃 지기 전에 와요!"

4월 2일(금) 영동읍~상주 모동

간밤에 내리던 비는 그치고 바람이 제법 쌀쌀하다. 어제 산을 헤매며 고생을 했는데도 몸은 가볍다. 10분쯤 걸어가니 바로 버스 터미널. 인천행은 7시 30분에 있다. 용곤이가 타고 갈 버스가 떠날 때까지 같이 있을까 하다가 그만두기로 했다. 떠나는 걸 보는 게 힘들다.

"고맙다! 와줘서…… 잘 가고, 가다가 아침 꼭 사먹어!"

"네, 누님. 몸조심하세요."

손을 놓고 돌아서는데 눈앞이 흐리다. 뒤도 안 돌아보고 걸었다. 눈물을 소매로 닦으며 꾸중들은 어린애처럼 땅만 보고 걸었다. 잠시라도 누군가와 같이 걷다가 다시 혼자가 되면 몇 배는 더 힘들다.

한동안 마음을 추스르기가 힘들었다.

　김천 방향으로 4번 국도를 따라 계속 걸어서 11시에 황간에 도착했다. 늦은 아침을 먹으러 황간역 바로 옆에 있는 식당에 들어갔다. 그러잖아도 혼자라서 좀 기가 죽어 있는데 주인 아줌마가 늦게 나온 종업원 총각을 어찌나 닦달해 대는지 나까지 무서워서 밥을 어떻게 먹었는지 모를 지경이었다. 기분 상한 여드름투성이 총각이 내던지듯 갖다준 물로 입가심을 한 뒤 식당을 나섰다.

　이번엔 49번 도로로 들어서서 상주 방향으로 향했다. 수봉재까지 계속 오르막길이어서 너무나 힘들었다. 날씨가 선선한 게 그나마 도움이 됐다. 무거운 배낭을 짊어지고 힘겹게 오르는데 차 한 대가 옆에 서더니 50대 중반의 남자가 창 밖으로 얼굴을 내민다.

　"어디까지 가시는지 태워다 드릴게요."

　"괜찮습니다. 전 도보 여행중입니다."

　"아, 그래도 타세요."

　"아닙니다. 고맙습니다만 전 차를 타지 않고 걸어갑니다."

　고개를 갸우뚱하며 떠났다. 그런데 숨이 턱에 닿아 고갯마루에 올라서니 좀 전에 그 차가 또 기다리고 있다.

　"아주머니, 그냥 제 차 타세요. 저 아래까지 모셔다드릴게요."

　"아이구, 괜찮습니다. 전 강원도까지 걸어가려고 합니다."

　두 손을 모으고 절까지 하면서 고마움을 표시했다. 그런데 그 다음 말에 난 할말을 잃었다!

"아, 제가 아주머니를 어떻게 할까봐 그러세요?"

그는 불쾌해하고 있었다. 자기 딴에는 선의를 베풀려고 한 건데 마치 내가 자기를 믿지 않고 의심해서 타지 않는 걸로 알았나보다. 그랬다면 언짢을 만도 했을 거다. 나는 그저 연방 굽실대며 고맙단 말만 했다. 차는 먼지를 끼얹으며 떠났다. 차도 화난 듯이 보인다.

이제 수봉재를 올라섰으니 경상북도다! 떠나는 날, 작은아들이 손수건 크기의 흰 천에 '국토 순례, 해남~통일전망대까지' 라고 써 넣은 깃발을 만들어왔다. 너무 시선을 끄는 것 같기도 하고 쑥스럽기도 해서 배낭에 붙이지 않았는데 차를 태워주겠다는 사람이 많고 그때마다 거절하기가 곤란해서 하는 수 없이 깃발을 붙였다. 그러고 나니 차들이 클랙슨을 울리거나 손을 흔들어주며 지나갔다. 나도 한결 기분이 좋아 함께 손을 흔들어주었다.

평소엔 무뚝뚝하지만 깃발을 만들어다줄 생각을 해내는 섬세함을 지닌 아들이 나는 참 좋다. 부르면 언제고 "예" 하고 달려와 주는 아들이다.

예전에 우리 부부가 건강 종합 검진을 받으러 병원에 갔을 때의 일이다. 여러 종류의 검사를 거쳐 드디어 내가 제일 싫어하는 위 내시경 검사 시간. 약물을 입에 물고 거의 토할 지경이 되어서야 내 차례가 되었는데 간호사가 틀니를 꼈으면 빼야 된다고 했다. 그래서 틀니를 빼 휴지에 싸서 가운 주머니에 넣었다. 지옥 같은 검사가 끝나고 다음 검사를 받으러 가는데 주머니에 손을 찔러 넣으니 휴지 뭉텅이가 잡혔다. 아무 생각 없이 휴지통에 버렸다!(에구! 내 건 망증은 둘째 가라면 정말 서러울 정도다.)

검사가 끝나고 나니 아침도 굶고 갔던 터라 배가 몹시 고팠다. 영감이 송도에 콩나물국밥 시원하게 잘하는 집이 있다고 해서 그리로 갔다. 주문을 하고 좀 있으니 식탁에 새빨간 깍두기를 갖다놓는데 어찌나 먹음직스러운지 얼른 깍두기 한 조각을 입에 넣었는데 아뿔싸, 내 틀니! 제일 만만한(?) 작은아들한테 전화를 했다.

"애, 아범아! 내가 말이지, 병원에다가 틀니를 버렸거든. 병원 가서 휴지통 좀 뒤져볼래?"

틀니도 없이 잇몸으로 콩나물 국밥을 거의 먹고 나서('이 없으면 잇몸으로' 라는 말은 충분히 가능하기도 하고 맞는 말이기도 하다!) 집으로 왔다. 아들에게 전화가 왔는데 결국 못 찾았다고 한다. 그런데 전화를 끊고 나니까, 앗! 내 휴대폰! 아까 콩나물국밥집에서 아들한테 전화 걸고 휴대폰을 식탁 위에 놓고 그냥 집으로 온 거다. 하는 수 없지. 또 아들놈한테 전화를 걸었다.

"애, 아범아! 아까 식당에서 너한테 전화 걸고 나서 거기다 내 전화기를 두고 왔지 뭐냐."

가여운 내 아들, 딱하기도 하지. 그 길로 식당 가서 전화기를 찾아왔다.

　그런데 그날 저녁. 약식을 만들어서 앞 동 사는 친한 선생님께 갖다주려고 나갔다가 아파트 주차장 쇠막대에 걸려서 '디립다' 넘어졌다. 저만치 나뒹군 약식 그릇을 챙겨 들고 절뚝거리며 집으로 왔는데 그날 저녁 밤새도록 쑤시고 아팠다. 영감은 회사 나간 뒤고 병원을 가려니 혼자 도저히 갈 수가 없었다. 그러니 어쩌겠어, 또 아들한테 전화해야지.

　"애, 아범아! 혼자서는 일어설 수도 없이 아프니 나 병원에 좀 데려다줘라."

　득달같이 달려와서 날 업어다 차에 태우고 병원에 가는 아들. 그렇게 정신 없이 불러댔는데도 아들놈 얼굴 한 번 찡그리지 않고 달려와 줬다. 공부도 열심히 하지 않고, 온갖 말썽이란 말썽은 다 부렸던 아들놈이 지금은 이쁜 손자 손녀 안겨주고, 아버지 회사에서는 없어선 안 될 일꾼 노릇을 하고 있을 뿐 아니라 "애, 아범아!" 이 한마디면 언제고 달려와 주니 든든하고 참 좋다.

　나는 아이들을 참 엄하게 키웠다. 십수 년이 지난 뒤까지도 마음에 걸린 일이 있다. 아버지 장례식 때 문상객들 있는 데서 작은애가 밥투정을 하며 칭얼댔다. 어른들 앞에서 야단치긴 그렇고, 그냥 두지도 못하겠고 그래서 밖으로 업고 나갔다. 다섯 살배기 아들은 과자라도 사줄 줄 알았는지 등에 업혀 노래를 불렀다. 그런 걸 집 뒤

산으로 올라가서 눈밭 위에 내려놓고 느닷없이 뺨을 때렸다. 대번에 코피가 터졌는데 닦아주지도 않고 눈으로 닦으라고 소리쳤더니 울지도 못한 채 눈을 뭉쳐 피를 닦아냈다. 왜 맞았는지 설명해 주었더니 다시는 그러지 않겠다며 눈 위에 무릎 꿇고 앉아 고사리 손 모아 쥐고 싹싹 빌었다. 그후로 밥상 앞에서 칭얼대지는 않았다.

그러나 나는 그 일이 오랫동안 마음에 걸렸다. 그래서 얼마 전에 아들에게 "이 에미가 너무 엄하게 대해 미안하다"고 그때의 일을 적어 사과 메일을 보냈다. 아들은 이렇게 답장을 보내왔다. "아이구, 어머니가 이제 늙으셨나봐요. 전 그리운 추억으로 남아 있는데 무슨 말씀이세요?" 상처로 남았을 수도 있을 텐데 그렇게 말해 주는 아들에게 더 미안하고 고마웠다.

오후 3시 30분, 경북 상주시 모동면에 도착했다. 모동면은 자그마한 시골이다. 숙박할 곳도 길가에 있는 '부산민박' 딱 한 집뿐이다. 물과 우유를 사러 민박집을 지나 시내(?)로 들어갔다. 살 것들 사서 다시 민박집을 향해 걷다보니 앗! 노트가 없다! 노트 갈피에 지도까지 들어 있는데…… 너무 놀라서 오던 길을 되짚어서 가게로 갔지만 없다. 가슴이 덜컥 내려앉고 진땀이 났다. 그 노트엔 지금까지 열 하루 동안의 일정이 기록되어 있을 뿐만 아니라 길에서 만났던 고마운 사람들의 주소와 전화번호도 기록되어 있는데. 낙담을 해서 터덜터덜 걸어오는데 저만치 앞에 낯익은 노트가 길에

저녁을 먹은 뒤 남편한테 전화를 했더니 "여보, 우리 아파트 화단에 벚꽃이 피었어요. 꽃망울이 터지려고 해. 벚꽃 다 지기 전에 와요!" 한다. 후후 웃으면서도 눈물이 핑 돈다. 벚꽃이 지기 전에 오라니…… 남편도 꽤나 감성적이다.

떨어져 있는 게 보였다!

"아! 하느님, 감사합니다!"

갈 때는 왜 그걸 못 봤는지 모르겠다. 노트를 주워들고 나는 수도 없이 "고맙습니다"란 말을 되풀이했다. 수만 금을 잃었다가 찾은 것보다 더 기뻤다.

부산민박집 주인 아주머니는 서글서글하고 친절해서 좋았다. 혼자서 길을 떠나니 자상하고 친절한 말 한마디가 얼마나 고맙고 힘이 나게 하는지 모른다. 노트도 다시 찾았고, 공짜로 커피를 한 잔 대접해 준 아주머니가 고마워서 사 가지고 갔던 과자와 과일을 놓고 같이 먹으며 오랜만에 수다를 떨었다. 입안에서 단내가 날 정도로 말을 못해 봤으니 그 수다가 얼마나 맛있었으랴. 부산민박집은 식당까지 겸하고 있어서 저녁 먹기도 편하고, 더구나 이른 새벽에 공사장 인부들 밥을 해주는 곳이라 새벽밥도 먹을 수 있다니, 욕조와 냉장고 없는 건 별 문제도 아니다.

저녁을 먹은 뒤 남편한테 전화를 했더니 "여보, 우리 아파트 화단에 벚꽃이 피었어요. 꽃망울이 터지려고 해. 벚꽃 다 지기 전에 와요!" 한다. 후후 웃으면서도 눈물이 핑 돈다. 벚꽃이 지기 전에 오라니…… 남편도 꽤나 감성적이다.

예전에 남편이 강원도 철원에서 기름집을 한 적이 있는데 기름을 양심적으로 짜주다 보니 인근 마을에서까지 우리 집으로 왔었다. 어느 날, 서울 대한극장에서 시네마스코프 영화로 엘리자베스 테일러와 리처드 버튼 주연의 〈클레오파트라〉를 상영했는데 그게 몹시 보고 싶었다. 그래서 기름 짜러 온 사람들한테 기계가 고장났다고 거짓말을 하고는 철원군 육단리에서 서울까지 가서 그 영화를 봤다. 그런 제안에 쉽게 동의하는 남편의 감성도 알아줄 일이다. 그래도 계산 빠르고 잔머리 굴리고 악착같이 자기 잇속 챙기는 것보다는 차라리 낫다.

올 화이트데이에는 식탁 위에 하트 모양의 사탕 상자가 놓여 있기도 했다. 필시 저 사탕 상자를 2만 원은 주었을 테지 생각하며 "이 비싼 걸 뭐 하러 사왔느냐?"고 하려던 걸 순간 재빨리 꿀꺽 삼켜버리고는 "여보, 고마워요! 정말 당신이 최고예요!" 했더니 영감이 좋아서 헤벌쭉 웃었다. 칠순이 다 된 영감이 젊은애들 틈에 끼여 사탕을 골랐을 생각을 하니 웃음이 나면서도 고마웠다.

민박집에서 바지와 티셔츠를 빨았다. 오랜만에 얘기를 많이 나눈 덕에 외로움이 한결 덜하다.

걸은 구간: 영동읍 – 황간 – 수봉재 – 상주 모동
걸은 시간: 8시간
이동 거리: 32킬로미터
쓴 돈: 아침 밥 4,000원, 물 · 우유 · 요구르트 · 초코파이 · 사탕 등 7,000원, 저녁 밥 5,000원, 숙박비 20,000원, 모두 36,000원

힘이 '안나' 면 '안나' 가 아니지

4월 3일(토) 상주 모동~문경 시내

아침 6시 30분, 개운한 된장찌개로 아침 식사를 했다. 밥을 먹고 있던 인부들이 나를 흘금흘금 바라본다. 쬐그만 할머니가 무거운 배낭을 앞에 놓고 새벽밥을 먹고 있으니 궁금도 했겠지.

출발하려고 하니 맘씨 좋은 주인 아저씨가 직접 밭에서 가꾼 포도로 만든 즙이라며 열다섯 봉지나 싸주신다. 배낭이 무거워 못 가져간다고 사양했지만 막무가내로 들려주는 바람에 하는 수 없이 비닐봉지에 담아서 따로 들고 떠났다. 우리 나라 사람들은 먹을 걸로 정을 표현하는 데 익숙한 것 같다. 받는 사람이 그나마 부담 없이 받을 수 있을 거라고 생각해서겠지. 그러나 먼길 가는 내겐 그것도 부담이다.

세 시간쯤 걷다보니 잣나무 묘목 밭에서 일하고 있는 할머니들이 보인다. 포도즙을 나눠드리니 달게 드신다. 할머니들은 하루 일당 2만 5천 원을 받으며 일하는데 허리가 너무 아프다고 한다. 자식들은 모두 도시로 나가고 집집마다 노인들뿐이란다. 그랬다. 이곳까지 걸어오면서 만났던, 논밭에서 일하는 사람들은 모두 노인들뿐이었다. 앞으로 이들 세대가 가고 나면 우리네 농촌은 어떻게 될까? 할머니들한테 양해를 구한 뒤, 사진 몇 장 찍고 그곳을 떠났다.

11시가 조금 지나 상주시 남장동에 있는 자전거 박물관엘 들렀다. 상주는 전국에서 자전거 타는 인구가 가장 많은 도시다. 2002년 문을 열었는데 공휴일이면 평균 500~600명의 관람객이 다녀간다고 한다. 나무로 만들어진 옛날 자전거부터 현재의 자전거에 이르기까지 수십여 종이 진열되어 있다. 우리 애들이 어릴 적에 이 자전거 한 대를 그렇게 갖고 싶어했는데……

아마 큰애가 중학교 2학년이고, 작은애가 초등학교 4학년이었을 거다. 어느 토요일 저녁, 늦게까지 작은애가 들어오질 않아 걱정하고 있는데 땅거미가 깔릴 즈음 땀을 뻘뻘 흘리며 들어왔다. 울먹이며 하는 말이 친구들 넷이서 자전거를 타고 청계까지 놀러 갔는데 그곳에서 돌아올 때 한 녀석이 자전거 타기 시합을 하자고 하니까 집에서 갈 때 우리 아들을 뒤에 태우고 갔던 친구가 시합할 거라고 내리라고 해서 저 혼자 20리 길을 걸어왔다는 것이다. 그 먼길을 걸어오며 어린것이 무슨 생각을 했을지…… 그렇지만 당장 자전거를 사줄 형편은 못 되어 자전거 값을 반은 보태줄 테니 나머지는 형제가 저축해서 모으라고 했다.

그날부터 두 형제가 아버지 구두도 닦고 빈 병도 모으고 폐지도 모아다가 팔았다. 친척들이 용돈을 주면 한푼도 쓰지 않고 모았다. 신통하면서도 안쓰러웠다.

그렇게 12월이 되었다. 우리 부부는 애들한테 크리스마스 선물로 자전거를 사주기로 했다. 애들한테 자전거 값을 반만 대준다고 했지만 그냥 사주기로 하고, 자전거포 주인한테 크리스마스 이브 늦은 밤중에 배달해 달라고 부탁했다. 애들이 다 잠들었을 때 우리 부부는 자전거에 반짝이 종이를 붙여 마루 위에 두었다. 새벽에 소변을 보러 나온 큰녀석이 자전거를 본 순간 방으로 달려들어가 잠든 동생을 깨웠다. "와~ 자전거다!" 두 녀석이 지르는 기쁨의 환성이 새벽 공기를 가르고, 밖에는 함박눈이 펑펑 내렸다. 우리 네 식구는 참 행복했다. 그렇게 장만한 자전거는 이듬해 봄에 빚쟁이가 와서 애들 보는 앞에서 가져가 버렸다.

언젠가 큰아들이 지금까지 받은 선물 중에서 평생 잊을 수 없는 선물이 그 자전거라고 해서, 오랜 세월이 흘렀건만 가슴이 아팠던 기억이 난다. 그런 자전거를 빚쟁이가 가지고 갈 때 아이들 마음이 어땠을지……

일곱 시간이나 걸었으니 그냥 상주에서 쉴까 하다가 함창까지 가보기로 했다. 차들은 계속 씽씽 달리고 바람도 불어서 걷기가 힘들다. 함창에 가니 시가지까지가 너무 멀다. 이왕 걷는 거 문경 시내까지 강행군을 했다. 문경 시내에 도착하니 날은 어둡고 몸은 지칠 대로 지친다.

간단히 저녁을 먹고 인터넷이 되는 모텔로 들어갔다. 다른 곳보다 좀 비싸긴 했지만 지은 지 얼마 안 되어 깨끗했고 무엇보다 인터넷을 맘놓고 할 수 있으니 그 정도는 추가로 지불해도 아깝지 않다는 생각이 들었다.

오랜만에 큰아들 블로그에 들어갔다. 〈안나 이야기〉라는 코너를 만들어 글을 올리고 있었다.

안나 이야기 첫 번째

다정다감하고 이해심 많고 선하기만 한 한 남자의 아내이자 두 아들의 훌륭한 어머니이며, 지난해 맞이한 며느리와 메일을 주고받고 '엄마' '내 딸' 하며 지내는 멋쟁이 시어머니. 또한 육십을 넘긴 나이에 구순의 시어머니를 모시며 사는 괜찮은 며느리 안나. 나의 블로그에 가끔 댓글을 남기시는 나의 어머니 안나.

학창 시절 시 쓰기를 꿈꾸던 그분, 그 꿈을 잠시 접고 발딛은 30여 년의 교직 생활을 마치고 어엿한 네티즌으로 변신, 다음 카페 산악회원으로 가입해서 짬짬이, 아니 맹렬하게 등산을 하신다. 지난해엔 장남인 나의 결혼식이 끝나자마자 그 길로 야간 산행까지 다녀오실 정도로 열심이시다. 지리산, 오대산, 설악산, 덕유산…… 나도 헐떡대며 기다시피 오르는 산을 최근 수도 없이 종주하셨다.

그런 어머니가 홀로 국토 종단 여행을 하신단다. 한편 걱정스런 마음 금할 수 없지만 그런 나의 어머니가 자랑스럽기만 하다. 어머니를 찾아뵈면 좋으련만 이틀 전 이사를 한데다 일까지 잔뜩 밀려 어머니를 서울로 모셨다. 아내 초이와 함께 교보문고에 가서 '15만분의 1' 도별 지도를 사드리고 휴대폰 배터리, 디지털 카메라 메모리 카드, 《택리지》를 사드렸다.(다 사드린 건 아니고 일부는 굳이 당신께서 지불을 하셨다.) 경등산화를 못 사드린 게 마음에 걸린다.

셋이 낙지집 가서 장도에 오르는 어머니를 위해 소주로 건배하고 커피를 좋아하시는 어머니와 함께 전문점 가서 커피를 마셨다. 육순의 나이지만 아직 이런 분위기가 좋으신가보다. 딸 같은 초이와 함께 커피숍에 오니 좋으시단다.

인천까지 모셔다드리면 좋으련만 역시 이삿짐 정리에 밀린 일 탓에 광화문에서 종각 지하철역까지만 모셔다드렸다. 멋대가리 없는 아들이자 남편인 나, 두 여인을 뒤로한 채 성큼성큼 앞서 걷다 뒤돌아보니 팔장 끼고 걸어오는 두 사람 모습이 아름답다. 전철역 개찰구에서 어머니와 작별을 했다. 몇 번씩 뒤를 돌아보는 어머니와 손

"드디어 길을 떠나신다. 쓸쓸해 보이는 뒷모습이지만 자랑스럽다. 앞으로 살아가면서 부딪칠 어떤 어려움도 어머니의 그 뒷모습을 떠올리면 거뜬히 헤쳐나갈 수 있을 것 같다." — 아들의 블로그에서

을 흔들고 선 초이, 무슨 국제공항 출국장 같은 장면이 연출되는 순간이다.

21일 떠나는 어머니, 내심 겁도 나고 근심, 걱정 같은 것도 떠오르고 있으시겠지. 하지만 먼길을 떠날 그분의 얼굴에는 소녀 같은 설렘과 흥분이 배어 있었다.

어머니, 잘 다녀오세요. 가끔 합류해서 피로 풀어드리겠습니다. 로또복권 당첨보다 확률이 희박하겠지만 우연히 길에서 만나기라도 한다면 소주 한 잔 하시죠. 잘 다녀오시구요. 다니시다 힘들거나 외로울 땐 연락하세요. 초이와 함께 언제든 달려갈게요. 혹 중간에 포기하시더라도 어머니는 이미 좋은 어머니이자 훌륭한 여성이자 끊임없이 포용하고 도전하는 장한 '인간'입니다. (2004. 3. 18)

안나 이야기 두 번째

……《동아일보》에 기고할 여행 코스로 전남 영광에서 충남 서천을 택했다. 영광에 도착해 촬영 장소를 물색했지만 궂은 날씨 탓에 촬영이 여의치 않아 영광에서 하루를 더 묵기로 했다. 밤이 되니 비가 부슬부슬 내리는데 늦은 밤 해남 땅에 홀로 도착해 땅끝으로 가셔야 할 어머니 생각에 마음이 편치 않다.

어머니와 만나기로 약속을 하고 차를 몰아 초이와 해남으로 향했다. 해남 땅에서의 해후. 시간이 늦어 땅끝 가는 차편은 없는데 비는 내리고 어떻게 해야 하나 고민하시던 어머니는 응원차 찾아온 아들 내외의 방문에 천군만마를 얻은 심정이시란다.

해남 터미널에서 만난 어머니를 모시고 땅끝으로 갔다. 여관방을 하나 잡아 여장을 풀었다. 가뜩이나 많은 짐에 산악회원들이 싸준 영양제에 음료수에 간식거리에 잘 다녀오시라고 쓴 플래카드까지. 짐 정리하시는 어머니 배낭을 들어보니 보통 무게가 아니다.

어머니의 예정 여행 코스를 듣고 독도법, 나침반 읽는 법 등등을 알려드리고 각종 주의 사항을 알려드렸다. 하지만 사실 그런 주의 사항은 다년간의 경험으로 터득한 어머니가 더 잘 아신다.

셋이 텔레비전에서 상영하는 〈플란다스의 개〉를 보고 잠을 청했다. 어머니와 한 방에서 잠을 잔 건 적어도 20년은 지난 것 같다. 어둠 속에서 어머니가 잠을 뒤척이신다. 나처럼 어머니도 낯선 곳에선 잠을 잘 못 주무신다. 종단 여행하려면 별별 곳에서 주무셔야 할 텐데 걱정이다.

아침에 눈을 뜨니 일찍 깬 어머니가 아들 부부 깰까봐 조용히 누워 계신다. 어머니, 초이와 함께 땅끝마을 기념비를 거쳐 식사를 하고 작별의 장소로 향했다. 초이와 나는 다시 영광으로, 어머니는 강진 쪽으로. 땅끝 삼거리에서 작별이다. 어머니와 작별의 포옹을 한 초이가 어머니의 손을 놓지 못한다. 손을 놓으면 어머니 혼자 먼길을 떠나시는데 어찌 손을 놓느냐며 초이가 펑펑 운다. 어머니까지

151

덩달아 눈물……

드디어 길을 떠나신다. 쓸쓸해 보이는 뒷모습이지만 자랑스럽다. 앞으로 살아가면서 부딪칠 어떤 어려움도 어머니의 그 뒷모습을 떠올리면 거뜬히 헤쳐나갈 수 있을 것 같다. 삼거리에 서서 어머니의 모습이 가물가물해지도록 지켜봤다. 나무에 가려지고 전봇대에 가려지고 다시 희미하게 모습을 드러내신 어머니는 아득히 먼 곳 고개를 넘어 시야에서 사라졌다. 고려장을 하고 돌아가는 기분이다.

영광으로 향하는 중간중간에 어머니께서 들뜬 목소리로 전화를 주신다. 간밤에 〈플란다스의 개〉를 본 탓일까? 해남 어디선가 나타난 개 한 마리가 20여 킬로미터를 따라와 마침내 첫 밤을 지낼 여관 앞에서 지키고 앉았단다. 이름을 해남이라 지으셨단다.

밤이 깊어 포장마차에서 나랑 함께 소주잔을 기울이던 초이는 어머니께 전화를 걸어 통화를 하더니 다시 눈물을 쏟는다.

어머니는 지금 강진의 어느 여관에서 묵고 계신다. 글을 쓰실 생각인데 형광등이 침침하단다. 돌을 던져 쫓아도 끝까지 따라온 해남이는 밤사이 어디론가 사라졌단다. 누가 집어간 건 아닌지 밥은 잘 먹고 다니는지 걱정을 많이 하신다. 어머니 여행길에 벗이 생겨 다행이다 싶었는데…… 서울로 돌아와 편안하게 집에 있는 내가 죄인된 기분이다. (2004. 3. 23)

152

안나 이야기 세 번째

　어머니는 오늘 광주에 도착하셨다. 오후 2시에 일찌감치 여관을 잡으려니 방이 없다고 안 주더란다. 낮 시간에는 이른바 '대실'을 선호하는 여관 주인들이 방을 내줄 리가 없지. 빨리 손님이 나가고 방이 돌아야 수입이 오를 테니까.

　할 수 없이 피로도 풀 겸 하룻밤을 지낼 겸 찜질방에 가셨단다. 시설이 좋다고 전화가 왔었는데 조금 전 어머니로부터 다시 연락이 왔다. 그곳에서 만난 아주머니와 이런저런 이야기를 하다가 그분 집으로 초청을 받으셨단다. 그래서 오늘 하룻밤은 그 집에서 머물기로 하셨다나. 아주머니 감사합니다. (2004. 3. 26)

안나 이야기 네 번째

　어머니의 본격적인 국토 종단 여행 9일째, 오늘 진안에 도착하셨다. 그 여행에 대해 모든 사람은 다 알고 있음에도 정작 아버님만 모르시는 한 가지 사실은 어머니가 이번 여행을 홀로 떠나셨다는 것이다. 뜻을 같이하는 사람 몇몇과 여행을 떠난다는 선의의 거짓말을 아버지께 하신 어머니. 그렇게 해서라도 떠나고자 했던 국토 종단은 그동안의 어머니 인생에 한 획을 긋고 앞으로의 삶에도 커다란 전환점으로 삼고 싶을 만큼의 소중한 것이었으리라.

　집에 혼자 계신 아버지께 안부 전화 드리는 어머니나 초이는 가끔 실수한 말을 감당하느라 영문을 몰라하시는 아버지께 또 다른 거짓을 고하곤 한다.…… 땅끝에서 출발하시던 어머니는 혼자 집에 남아 감당해야 할 '집안 살림'에도 불구하고 긴 여행에 선뜻 동의해 주신 아버지께 고마워하셨다. 어머니와 통화하던 아버지는 "당신이 멀리 떠나고 없으니 곁에 있을 때의 고마움을 절실하게 느꼈다"며 격려의 말씀을 해주셨단다. 어느덧 백발이 성성해진 아버지의 얼굴이 떠오를 때마다 무뚝뚝하고 못된 성격 탓에 그분께 가까이 다가가지 못한 장남인 내가 송구스럽다. (2004. 3. 30)

아들의 글을 읽으며 웃다가 울다가 했다. 내일은 한결 힘이 날 것 같다. 아들아! 너무 걱정 마라. 이 에미가 누구냐. 어떤 상황에서도 힘이 '안나' 면 '안나' 가 아니잖냐?!

걸은 구간: 상주 모동 – 평지 – 남장 – 상주 시내 – 문경 합창 – 문경 시내
걸은 시간: 12시간 20분
이동 거리: 50킬로미터
쓴 돈: 아침 밥 4,000원, 물 1,000원, 저녁 밥 5,000원, 숙박비 35,000원, 모두 45,000원

"여보! 사랑해요!"

4월 4일(일) 문경 시내~조령

간밤엔 꿈도 꾸지 않은 채 깊이 잤다. 푹 자고 난 덕에 몸도 가볍고 기분도 상쾌하다. 아침 7시, 모텔을 출발했다. 문경 시내에서 KBS 드라마 '왕건 촬영터'까지는 25킬로미터, 거기서 문경새재까지는 6.5킬로미터, 오늘 걸어야 할 거리는 31킬로미터가 조금 넘는다.

오늘은 친구 일현이 부부와 산악회 후배인 문종순과 신길동이 오기로 했다. 오랜만에 친구와 후배들 만날 생각에 마음이 들떠서 걸음이 리드미컬하기까지 하다.

세 시간 남짓 걸었는데 종순이 후배에게서 전화가 왔다. 내가 걷는 방향으로 마주 걸어오는 중이란다. 전화를 끊고 나서 얼마 지나지 않았는데 멀리 후배들이 손을 흔들며 걸어오는 게 보인다. 마주 달려가 한참을 얼싸안았다.

휴게소 옆마당에 자리를 펴고 앉아 후배들이 사온 과일이며 음료수를 먹고 마셨다. 낯선 곳에서 만나면 왜 더 반가운 걸까? 길동이 아우는 먼저 차로 떠나고 종순이 후배랑 문경새재까지 남은 길 12킬로미터를 함께 걸었다.

문경새재까지는 국도를 벗어나 지방 도로로 걸었는데 한적한 시골 길이 고향 같은 포근한 느낌이다. 문경새재 주차장에 오후 1시 반 도착, 수많은 인파 속에서 친구 일현이를 찾았다. 보자마자 또 둘이 얼싸안고는 눈물을 질금질금 찍어냈다. 일현이가 내 등을 따뜻한 손길로 다독여주었다.

왕건 촬영터가 마주 보이는 길가 잔디밭에 앉아서 일현이가 싸온 김밥을 순식간에 먹어치웠다. 오랜만에 만난 친구랑 얘기하라고 종순이도 먼저 떠나고 일현이랑 둘이서 제1관문부터 3관문까지 천천히 걸었다. 언제나 그렇지만 친구와 나누는 이야기는 열 번을 하면 열 번 다 재미있다. 신록은 싱그럽고 바람도 부드러운데 가까운 벗과 함께 하니 이보다 더 좋을 수 없다. 오랜만에 그리운 친구랑 같이 문경새재를 넘으니 소풍이라도 나선 듯하다.

이곳에서 일현이 부부와 헤어져야 하는데 일현이는 지갑에서 만원짜리 몇 장을 꺼내 준다. 몇 걸음 걷더니 다시 천 원짜리 몇 장을 꺼내 쥐어준다. 그러더니 또 커피라도 마시려면 동전도 있어야 한다며 동전까지 모조리 쏟아 준다. 지갑을 탈탈 털어 주면서 눈물을 흘린다. 나 혼자 두고 떠나려니 발걸음이 떼어지지 않는 듯하다. 친구가 보이지 않을 때까지 손을 흔들다가 돌아서니 내 가슴 역시 묵직하다. 후배 신길동이 민박집을 예약해 줘서 그 집으로 갔는데 내일 아침 식사까지 다 맞춰놓았다고 꼭 챙겨먹고 가란다. 이런 배려들이 사람을 살찌우는 것 같다.

종순이 후배가 발 마사지를 해준다고 막무가내로 싫다는 내 발을 끌어다가 안티프라민을 듬뿍 발라서 발가락 사이사이를 골고루 마사지해 준다. 여러 날 걸어서 잔뜩 부르튼 내 못생긴 발이 부끄럽고 미안해서 진땀이 흐르고 어쩔 줄을 몰랐다. 남한테 내 발을 맡긴 건 처음이다. 난 발이 너무 못생겨서 다른 이에게 맨발을 보이길 꺼려한다. 외반증이어서 볼이 튀어나온데다 험상궂게 생겨서 지금까지 예쁜 신발이나 야리야리하게 생긴 여름 샌들은 신어보질 못했다.

결혼해서 얼마 안 되었을 때 남편하고 같이 가서 구두를 사는데 신을 신어보려고 발을 내놓으니까 젊은 점원 녀석이 내 발을 보고는 "앗! 뼈발이다!" 하는 바람에 신랑 앞에서 엄청 부끄러웠었다. 나쁜 놈.

얼마나 스트레스를 받았으면 몇 년 전에 서울 백병원에서 외반증 수술을 한다는 소식을 접했을 때 그렇게나 솔깃했을까? 그러나 생각해 보니 살아가는 데 아무 불편 없고, 아니 불편이 다 뭐람, 그 숱한 산을 오르내려도 끄덕 없을 정도로 튼튼한데, 여튼, 모양이 무슨 소용이랴 싶어 그만뒀다. 그런데 이제 머나 먼 국토 종단까지 하고 있으니 내 발이 이렇게 고마울 수가 없다. 후배에게 발을 내맡긴 채 속으로 말했다. '발아, 고맙다!' 내 못생긴 발이 후배 덕에 난생 처음으로 호강을 했다. 나도 내 발이 새삼 고마워서 어루만져줬다.

저녁 8시, 후배들마저 떠나고 썰렁한 민박집에 혼자 남으니 또다시 외롭다. 영감한테서 전화가 왔다. 반가워서 눈물이 핑 돈다.

"여보! 혼자 있으니까 너무 쓸쓸해."

"아니, 왜 혼자야?"

앗! 또 실수다.

"저······ 다들 밖에 나갔거든요."

어물어물 둘러댔다.

생각해 보니 이번 국토 종단은 남편의 이해 없이는 불가능했을 것이다. 이렇게 떠나려면 체력도 갖춰져 있어야 하지만 경제력도 있어야 한다. 하루 평균 숙박비까지 합하면 아무리 안 쓴다 해도 4만 원은 있어야 했다. 그렇게 계산을 하니 160만 원이 필요했다. 주부가 혼자서 그런 목돈을 쓴다는 건 쉬운 일이 아니다. 그리고 이 두 조건이 갖춰졌다 하더라도 식구들의 이해 없이는 하기 힘든 일이 아닌가. 새삼 남편에게 고마운 마음을 전해야겠다 싶어 노트 몇 장을 찢어 편지를 썼다. 오랜만에 쓰는 편지다.

'사랑하는 당신께.'

첫머리에 이렇게 적고 나니 좀 쑥스러워 혼자 머쓱하게 웃었다. 마주 대하고는 이런 말을 하지 못했을 텐데, 그래서 편지가 좋은 것 같다. 영감이 이 편지 받고 어떤 표정일지 궁금하다. 이번 길 떠나게 해줘서 고맙다는 이야기도 썼고, 내가 성격이 둥글지 못해서 속상하게 했던 것들도 용서를 빌었다. 그리고 더 좋은 아내가 되겠다고도 썼다.

그러고 보니 떠오르는 추억 하나. 주말 부부로 살았던 나는 시골 학교 선생을 하며 작은 방을 하나 얻어 지냈다. 객지 살림에 장롱이 오히려 거추장스러웠을 때였으니 장롱 대신 철제로 된 커다란 트렁크(?)가 낫겠다 싶었다. 어느 주말에 신랑과 함께 그 트렁크를 사러 나갔다.

시골 마을이라서 가게가 두 집뿐이었는데 그 중 '경남상회'에 물건이 많았다. 그곳으로 가니 쇠 트렁크가 딱 두 개가 남아 있었다. 하나는 알루미늄으로 된 건데 아무런 모양이 없었지만 튼튼해 보였고, 또 하나는 까만 바탕에 자개를 박은 시늉을 한 거였는데 모양은 그게 더 나았다. 그래서 그 까만 자개(?) 박힌 걸로 사 가지고 왔다. 그런데 집에 와서 옷을 정리해서 넣으려고 보니 뚜껑 속 부분

부부가 서로의 눈을 바라본 지가 언제였는지 까마득하다. 둘이 살아갈 날이 얼마나 된다고 그러고 살았을까.
얼마 남지 않은 시간…… 충분하게, 그리고 깊게 우리 둘을 위해 쓰고 싶다.

이 처리가 잘 되지 않아서 날카로운 쇠가 솟아나와 있었다. 잘못하면 손을 다칠 것 같았다.

그래서 신랑에게 알루미늄으로 된 걸로 바꿔 오랬다. 언덕 위에 있는 우리 집에서 아래 동네 가게까지는 300미터쯤. 남편은 트렁크를 어깨에 둘러메고 가서 알루미늄으로 바꿔 왔다. 그런데 막상 그걸 들여놓고 보니 모양이 자개 트렁크보다 안 예뻤다.

"여보! 미안하지만 아까 걸로 바꿔다줄래요?"

"웬만하면 그냥 쓰지 그래요?"

좀 툴툴거리긴 했지만 다시 둘러메고 내려가서 먼저 것으로 바꿔 왔다. 아~! 그런데 다시 뚜껑을 열고 생각해 보니 그 날카로운 부분이 아무래도 편치가 않다. 저녁을 하면서 생각해 봐도 쓰기 편한 게 나을 것 같았다. 아무래도 안 되겠다 싶어 이번엔 기어들어가는 목소리로 불렀다.

"여보옹~!"

"뭔데, 또?"

"저어…… 아무래도……"

"아니 또야?"

"아무래도 이건 손을 다칠 것 같아서……"

"아흐~!"

착하기도 하지! 우리 신랑 투덜대더니 정말 이번이 마지막이라

며 알루미늄으로 바꿔다주었다. 그것으로 끝났냐?! 아니다! 윗목
에 놔둔 알루미늄 트렁크를 아무리 다시 봐도 모양이 없다. 그렇지
만 차마 또 바꿔 오랄 수는 없는 일. 이번엔 내가 가는 수밖에 없다.
비장한(?) 각오를 한 뒤 트렁크를 "끙!" 하고 들고 일어서서 비척
대며 머리에 이려니까 신문을 보던 신랑이 놀란 눈으로 바라보며
물었다.

"설마 또 바꾸러 가는 건 아니겠지?"

"아무래도……"

"당신 제 정신이야? 그냥 써요!"

"제가 갔다가 올게요" 하고 나서려는데 등뒤에서 물주전자가 날
아왔다. 화가 머리끝까지 뻗친 신랑이 물이 가득 든 주전자를 내던
진 거였다. 나는 무섭고 서러워서 질금질금 울면서 트렁크를 내려
놨다. 한참을 씩씩대던 남편이 다시 그 트렁크를 짊어지고 나가더
니 자개 트렁크로 바꿔왔다. 엄청 고마웠다.

갈팡질팡하던 내 마음은 그걸로 안정을 찾았고, 내던져서 찌그
러진 주전자는 광 구석으로 쫓겨났다. 며칠 뒤, 엿장수가 왔길래 그
주전자를 엿하고 바꿔 먹으려고 내놓으니까 이리저리 주전자를 살
펴보던 엿장수 아저씨가 망치로 톡톡톡! 두들겨서 멀쩡하게 고쳐
놓았다. 그 주전자, 우리랑 10년을 더 지냈다.

지금 생각하면 우리 신랑 그 '경남상회' 주인 아저씨 보기가 얼

마나 창피스럽고 민망했을까! 변덕 심한 난 우리 영감도 그렇게 이랬다 저랬다 하며 골랐다. (⌒⌒)

편지는 내일 가다가 부쳐야겠다. 이제 더 자주 "사랑한다"고 말하며 살 거다. 우리 부부는 지금까지 살아오면서 싸우기도 많이 싸웠다. 그런데 내가 한 가지 자부심을 갖는 것은 아무리 화가 머리끝까지 치밀어도 절대로 상처 입을 말이나 상스러운 욕설은 하지 않았다는 점이다. 우리는 부부 싸움을 주로 밖에서 했는데 그것도 큰소리를 내지 못한 이유가 되어주었다. 다방이나 사람들이 있는 공원 같은 데서 얘길하면 덜 감정적이 되고, 서로 예의를 지켜가며 싸우게 되니 오히려 문제 해결도 더 쉬웠다. 요즘엔 하고 싶은 말이 있으면 함께 산을 오른다. 자연이 주는 넉넉함 덕분인지 사람의 마음도 더 여유 있어지는 것 같다.

서로 헤어질 거라면 몰라도 상처가 될 말은 화해하고 난 다음에도 가슴속에 앙금처럼 남는 법이다. 그런 점에서 나는 남편에게 감사한다. 험한 소리는 고사하고 나에게 경어를 쓴다. "그건 이렇게 해요" "걱정말고 잘 다녀와요" 늘 이런 말투다. 단 한 번도 아내인 나를 무시한 적이 없으니 나 또한 남편을 존경하게 된다.

부부지간이라도 존경할 수 있는 면이 있어야 애정이 유지되는 것 같다. 칠순인 남편은 이제 시력이 떨어져 돋보기를 쓰지만 그래도 책 읽기를 게을리 하지 않는다. 그런 점이 참 보기 좋다.

163

오늘은 친구와 후배들 덕에 걷는 일이 즐거웠다. 먹는 일도 그랬다. 함께 먹는다는 건 정말이지 큰 행복 가운데 하나다. 친구 일현이와 후배 종순이가 먹을 것을 듬뿍 싸온데다가 길동이 아우가 방값과 내일 아침 식사까지 예약을 해줬기 때문에 돈도 들지 않았다. 남에게 그리 베풀지 못하고 살아왔는데 난 참 좋은 사람들을 만나고 산다. 그들을 통해 베풀고 사는 일이 뭔지를 더 배우라는 뜻이겠지. 삶을 커닝할 수 있게 좋은 친구들을 보내주신 하느님께 감사드린다.

걸은 구간: 문경 시내 – 모곡 – 문경새재 – 제3관문 – 조령
걸은 시간: 9시간
이동 거리: 33.5킬로미터
쓴 돈: 없음

길 위의 고백성사

4월 5일(월) 조령~제천 성암

어제 길동이 후배가 예약을 해준 덕에 6시에 아침상을 마주할 수 있었다. 된장찌개와 개운한 봄나물 반찬이 맛깔스러웠지만 잠을 충분히 못 잔 탓인지 입안이 영 깔깔해서 몇 술 뜨지 못했다. 간밤에 방이 좀 추워 선잠을 잔 탓이다. 종순이 아우가 가다가 먹으라며 주고 간 음료수와 과일들은 식당 아줌마를 줬다. '종순 아우! 미안허이. 배낭이 너무 무거워서 어쩔 수가 없어. 마음만 담아가네.'

아침 6시 반, 조령 민박집을 나섰다. 숲 속의 아침은 상쾌하고 싱그럽다. 새로 돋아난 연녹색의 나뭇잎들이 아침 햇살을 받아 투명하게 빛난다. 긴 휴지기를 지내고 새로 피어나는 것들은 언제나 부드러우면서도 강한 생명력을 느끼게 한다. 누구는 나뭇잎의 잎맥을 신의 지문이라고 노래했다는데 어디 나뭇잎뿐이랴, 신의 존재를 느끼게 하는 것들이.

사람 하나 볼 수 없는 호젓한 산길을 걷는다. 고요한 길을 걷자니 마음이 절로 경건해진다. 대자연은 그 자체로 큰 예배당이며 사찰이 되어주는 놀라운 힘을 지녔다. 가식이 없고, 억지가 없고, 포장이 없는 자연 앞에 서니 나 역시 발가벗고 나를 마주하고 싶어진다. 지금껏 살면서 알게 모르게 저지른 잘못들, 남에게 준 상처들이 얼마나 많았으랴. 사람에게뿐 아니라 이 자연의 뭇 생명들에게는 또 어떠했을까? 자연스럽게 나를 돌아보게 되는 시간이다.

아주 오래 전에 한 학생을 계속해서 의심한 적이 있었다. 6학년 담임을 할 때였는데, 과학실에서 실험을 하게 되어 교실을 번호 자물쇠로 채우고 과학실로 갔다. 수업을 마치고 교실로 돌아왔는데 책갈피에 넣어둔 10만 원이 온데간데없었다. 우리 반 자물쇠는 학급 애들 모두가 번호를 알고 있었으니 누구든지 교실에 혼자 들어올 수 있었다.

평소 손버릇이 좋지 않았던 아이를 의심했다. 증거가 없으니 말은 안 했지만, 내 마음속에서는 이미 그 아이를 범인으로 낙인찍은 거다. 아이는 내게 삶은 밤이나 간식거리를 갖다주며 내 곁을 맴돌았지만 나는 끝내 그 애를 따뜻하게 대하지 못한 채로 졸업시켰다.

해가 바뀐 어느 날, 책을 정리하다가 책갈피에서 봉투 하나를 발견했는데, 그 안에 잃어버린 줄만 알았던 돈 10만 원이 고스란히 들어 있었다. 나는 소스라치게 놀랐다. 내가 도대체 무슨 짓을 한 건가. 반년 동안이나 아무 잘못도 없는 아이를 마음속으로 미워하고 밀어내다니. 한밤중에 문득 잠이 깨는 날이면 그 아이 생각으로 뒤척인 때가 많았다.

나를 괴롭힌 사람들을 미워하느라 보낸 시간도 많다. 한 번은 시어머님이 돼지고기 편육과 떡을 싸 가지고 우리 집에 찾아오셨다. 웬 떡이냐고 물었더니, "오늘이 아무개 결혼식 아니냐?" 하시는 거다. 가족간인데도 우리에겐 결혼 소식을 알리지 않은 거였다. 더욱이 결혼식장은 우리가 사는 동네에 있는 교회였는데. 가난이란 그런 거였다! 남편이 얼마나 가엾고 딱해 보였는지 모른다. 그날 이후 몇 년 동안 난 아무개네와는 얼굴도 마주치지 않고 살았다. 그 일은 내게 오래도록 깊은 상처가 되어 남았다.

그러나 살아갈 날보다 살아온 날이 더 많은 인생이다. 아직도 누군가를 의심하고 미워하고 원망한다면 그 시간만큼 나는 허송세월하고 있는 것이리라. 누구보다도 나를 위해서 털어버려야 한다.

《용서》라는 책에 프레드 러스킨은 이렇게 적고 있다.

"그 어느 누구에게도 과거가 현재를 가두는 감옥이어서는 안 된다. 과거를 바꿀 수는 없으므로, 우리는 어떻게 해서든 과거의 아픈 기억을 해소할 길을 찾아보아야 한다. 용서는, 과거를 받아들이면서도 미래를 향해 움직일 수 있도록, 감옥문의 열쇠를 우리 손에 쥐어준다. 용서하고 나면 두려워할 일이 없어진다."

옭아매어진 매듭을 풀고 싶다. 마음속 깊은 곳의 응어리를 이제는 스스로 치유하고 풀어내고 싶다. 쉽지는 않으리라. 그렇지만 노력할 것이다. 뒤로 감췄던 손을 내밀어 미워했던 사람들과 또 내 자신과 힘들었던 상황들 모두와 화해를 청해야겠다.

인도네시아의 세레베스 섬 사람들은 생계 수단으로 원숭이를 사로잡아 관광객들에게 판다고 한다. 그런데 그들이 원숭이를 잡는 방법이 독특하다. 그 지방에서 잘 자라는 길고 단단한 박이 있는데 아이들은 그 박이 덜 자랐을 때 중간 부분을 끈으로 꼭 묶어 한쪽은 계속 성장하게 두고, 다른 한쪽은 잘 자라지 못하게 한다. 박이 단단해지면 그것의 속을 긁어 파내어 목이 좁은 유리병처럼 만든다. 소년들은 그 박을 큰 나무 기둥에 매달아놓고 그 속에 쌀을 반쯤 채워 넣는다.

그러면 쌀을 좋아하는 원숭이들이 쌀 냄새를 맡고는 박 속으로 손을 넣어 쌀을 한 줌 움켜쥔다. 그러고 나서 손을 꺼내려고 하지만 움켜쥔 쌀을 포기하지 않는 한 손은 빠지지 않는다. 원숭이가 안간힘을 쓰는 동안 아이들은 대나무로 엮은 통을 가지고 와서 원숭이를 잡아넣는다. 웃기는 건 원숭이는 그 통 속에서도 여전히 손에 쌀을 움켜쥐고 있다는 사실이다.

대자연은 그 자체로 큰 예배당이며 사찰이 되어주는 놀라운 힘을 지녔다. 가식이 없고, 억지가 없고, 포장이 없
는 자연 앞에 서니 나 역시 발가벗고 나를 마주하고 싶어진다. 자연스럽게 나를 돌아보게 한다.

나 역시 아직도 과거의 아픔을, 증오를 움켜쥐고 있는 건지도 모르겠다. 그것이 나의 미래를 자유롭게 하지 못하는 올가미가 되는 줄도 모르고 말이다. 살 날이 얼마나 남았다고 내 남은 소중한 시간들을 미움과 원망으로 허비하랴. 이만 하면 됐다 싶다. 바람 한줄기가 내 마음을 어루만져주는 듯 이마를 스치고 지나간다.

맑은 공기를 가슴 가득 들이마시며 수련원을 지나 삼거리에서 수안보 방향으로 새소리만 들리는 한적한 길을 걸어 소조령을 넘었다. 10시 40분, 미륵사지에 도착했다. 고즈넉한 분위기의 미륵사지에서 마애불을 둘러보고 사진 몇 장 찍고 돌아나왔다. 문화 유산 해설 안내소가 보여 책자를 얻으러 갔더니 나이 지긋해 보이는 여직원이 아예 들어와서 쉬었다 가란다. 다리도 아프고 몸도 피곤해서 잠시 앉았다 갈 요량으로 들어갔더니 커피 한 잔을 내민다. 오랜만에 커피를 마시니 그윽한 향부터가 감동이다.

월악산 국립공원 차량 매표소를 지날 때도 매표소 여직원 덕에 쉬기도 하고 음료수도 얻어 마셨는데, 혼자 길 떠나니 외로워서 그런지 작은 친절에도 가슴이 뭉클해진다. 부족한 듯할 때 그것에 대한 진짜 맛을 알게 되고 감사하게 되나 보다.

개량 한복을 입은 자태가 지금도 고운 걸 보면 젊었을 적엔 꽤나 미인이었을 것 같은, 커피를 건네준 여인의 이름은 차기남이다. 아버지가 만주에서 독립 운동을 해서 그곳에서 태어나 교육도 제대로 받지 못했으나 나중에 혼자 힘으로 어렵사리 공부하고 온갖 고생 끝에 지금은 충주 KBS 자문위원과 문화 유산 해설사로 근무하고 있다고 한다.

미륵사지에 있는 미륵불은 얼굴부터 목 아래까지는 오랜 풍상에 시달렸음에도 희고 깨끗한 게 특징인데 목 아래 부분은 비 오는 날이면 이끼가 파랗게 보인다고 한다. 온몸이 다 희게 되면 나라에 큰 경사스런 일이 생긴다는 전설도 재미있게 들려주었다. 그녀의 이야기에 정신이 팔려 두 시간이나 머물렀다.

전남 · 전북 · 경북 지도 석 장과 카메라 배터리 충전기, 바지와 티셔츠, 책 한 권을 따로 담은 비닐봉지를 보더니 차기남 씨가 택배로 부쳐주겠다고 한다. 택배비도 한사코 받지 않겠다고 해서 고마운 마음으로 신세를 지기로 했다. 한참 포옹을 하고 나서 헤어졌다. 삶이 피곤하고 힘들 때마다 "〈바람과 함께 사라지다〉의 스칼렛 오하라가 내일은 내일의 해가 뜬다고 외쳤던 말을 떠올리며 새로운 용기와 희망을 갖는다"는 그녀를 뒤로하고 나도 다시 힘찬 발걸음을 내디뎠다.

계획보다 많이 늦어져 발걸음을 재촉했다. 그래도 송계 계곡을 지나면서는 몇 번이나 걸음을 멈추고 사진을 찍었다. 한수면을 지나 수산 방면으로 향했다. 그런데 한참을 가도 지도에 있는 지명들이 나타나질 않는다. 조금 걱정된다.

나는 좀 심한 길치에 방향치다. 길을 잃어버릴 때면 남편이 회사에서 회의중이건 고객과 상담중이건 상관없이 전화를 해대는 통에 거금을 주고 네비게이션을 차에 달아주었다. 그런데 나는 또 타의 추종을 불허하는 기계치! 목적지 설정을 잘못했는지 한 번은 의정부를 설정해 놓고 출발했는데 네비게이션에서 간드러진 여자 목소리가 들리는 거다. "200미터 앞에서 우회전하세요. 그리고 곧 지하도입니다."

그런데 그대로 해봤더니 방향 감각이 전혀 없는 내 생각에도 가는 길이 틀린 것 같았다. 그래서 내 짐작대로 갔더니 그곳 역시 아니다. 그날 난 엄청 헤매고 다녔다.

한 번은 동료 선생님들을 태우고 산정호수를 가는데 또 내가 설정을 잘못했는지 전혀 생소한 데로 가라고 했다. 내 짐작대로 갔더니 "경로를 이탈했습니다" 그런다. 그래서 다시 설정해서 출발했더니 또 아니라고 했다. 여전히 네비게이션은 300미터 앞에서 좌회전하란다. 참다 못한 내가 "요년아, 가만있어봐! 난 내 맘대로 갈거야"(선생님들이 죽는다고 웃었다) 하고는 내 맘대로 찾아갔더니 '고년'도 토라졌는지 아무데로나 가도 아무 말도 하지 않았다. 그 비싼 돈 들여서 산 년(^^)을 난 그냥 내버려두고 아는 길만 간다.

그래도 얼마 전에는 여우 같은 목소리로 이렇게 말했다. "여보, 내 차 네비게이션 업그레이드(어디서 주워듣긴 해가지고……ㅎㅎ)

해야 되잖아요? 내 것은 오래된 거라 새로 난 길은 몰라요."

이 말을 네비게이션 '고년'이 들었다면 속으로 이랬겠지?

'흥! 가르쳐주는 길도 못 가는 주제에……'

나는 모르는 길은 '안나' 가는 '안나'! 그런 내가 지도와 이정표만 보고 길을 찾아가는 건 스스로 생각해도 놀라운 일이다. 한참을 걱정하며 걸었는데 지도에 나와 있는 '숫갓' 마을 버스 정류장이 나타났다. 휴~ 안심이다.

그러나 시간은 이미 6시를 넘어섰고, 이제 민박집을 찾아야 한다. 찜질방 표시가 있길래 오늘은 거기서 묵기로 하고 표시대로 따라가는데 웬걸, 화살표 끝에 또 화살표, 그 화살표 끝에 또 화살표…… 금방일 것 같던 찜질방은 2킬로미터나 떨어진 산밑에 있었다. 들어서니 시설은 후지고 손님은 나 혼자다. 방도 썰렁하고 텔레비전도 나오지 않는데다가 전화 불통 지역! 밥도 팔지 않는다고 해서 팩에 든 포도즙 한 개와 치즈 한 조각, 건빵 몇 개로 저녁을 때웠다.

건빵을 씹다가 문득 거울에 비친 나를 보았다. 아, 이런 기분을 아는지…… 스프 외에는 아무것도 넣지 않은 밍밍한 라면을 혼자 먹으며 TV를 보다가 어두운 배경 화면에 라면을 입안에 넣고 있는 자기의 초라한 모습이 비칠 때! 그 가슴 저미는 외로움, 먹고산다는 일이 힘겹게 느껴지며 갑자기 목이 메일 때의 그 느낌 말이다.

양볼은 움푹 꺼지고 얼굴은 새카맣게 탄데다 초췌해 보이는 얼굴로 마른 건빵을 오물거리는 늙은 여자와 거울 속에서 눈이 딱 마주쳤다. 순간 가슴이 먹먹해 왔다. 그 거울 속 여자의 눈에선 눈물이 흐르고 있었다.

이 도보 여행은 내가 걸어온 인생길 같다는 생각이 들었다. 여기까지 걸어오는 동안 나는 몇 번이나 울었는지 모른다. 외로워서 울기도 했고, 가난 때문에 서러웠던 지난날들이 문득문득 떠올라 바람에 눈물을 날리기도 했다. 누군가에 대한 미움이 아직까지도 가슴에 응어리져 남아 있다는 사실이 괴로워 용서를 빌며 걷기도 했다.

떠나오기 전에 사람들이 물었다. 혼자 길 떠나는 게 무섭지 않느냐고. 해보지 않은 일을 처음 한다는 것이 왜 두렵지 않겠는가? 매일 걸으면서도 다음날 아침 또다시 펼쳐지는 낯선 길 앞에 서면 두려움은 벌써 저만치에서 나를 기다렸다.

누군가를 용서한다는 것도 해보지 않은 일이고 가보지 않은 길이다. 스스로는 용서했다고, 비웠다고 생각했지만 거울에 비친 늙은 여자의 얼굴에 여전히 아픔과 증오가 서려 있다면, 날마다 그 얼굴에서 아픔과 증오를 벗겨내는 것, 용서하고 자유로워지는 것이 내 남은 삶의 일일 것이다.

이제 땅끝마을에서 출발한 지 보름째다. 시작이 반이라는데 실제로 절반을 넘게 왔으니 이제 다 온 거나 진배없다. 물론 지금부터 더 조심하고 무리하지도, 나태하지도 말아야 할 것이다.

여기가 제천 성암리란다.

걸은 구간: 조령 – 괴산 고사리 – 충주 안보 – 월악산 미륵사지 – 송계계곡 – 월악나루 – 제천 성암
걸은 시간: 10시간
이동 거리: 42킬로미터
쓴 돈: 물 · 음료수 · 우유 3,000원, 찜질방 20,000원, 모두 23,000원

물을 닮은 사람

4월 6일(화) 제천 성암~제천 시내

제천 수산까지는 3킬로미터, 엊저녁 묵은 성암 찜질방까지 찾아
가는 길이 왕복 4킬로미터였으니 어제 차라리 수산까지 걸었더라
면 좋았을 걸 그랬다. 수산은 어제 묵은 곳보다 마을이 좀더 크니까
잠자리도 나왔을 텐데.

그래도 길은 호젓하고 걷기에 아주 좋다. 9시 40분에 도착한 곳
은 청풍문화재단지. 길 양쪽엔 청색과 홍색 초롱이 벚꽃나무에 줄
줄이 매달려 축제 분위기를 한껏 돋우고 있다. 꽃망울이 유행가 가
사대로 "손대면 톡하고 터질 것만" 같다.

청풍명월의 본향인 이곳 청풍면은 1985년 충주댐 건설로 수몰
된 곳이다. 스물 일곱 개 마을 가운데 두 개 마을만 남고 나머지는

모두 물에 잠겼다고 한다. 청풍문화재단지는 바로 그 수몰 지구에 있던 문화재들을 한 곳에 모아 복원시켜 놓은 곳이다. 그로 인해 고향을 잃은 실향민들은 아예 멀리 떠나거나 청풍의 수몰되지 않은 곳으로 이주해 갔다고 한다. 삶의 터전과 고향을 잃은 실향민들의 아픔이 담겨 있는 청풍호…… 저 강물 아래 마을이 있었다는 게 믿어지지 않는다. 말 그대로 상전벽해가 된 거다.

사실 댐은 수몰지를 발생하게 하고, 그래서 실향민을 만들 뿐만 아니라 수질 악화나 생태계 변화 같은 환경 문제를 동반하기도 한다. 무엇이든 자연스러운 것만큼 좋은 건 없는 것 같다. 흐를 물은 흐르도록 두고, 사람은 사람 사는 데 필요한 만큼만 쓰고 사는 일이 자연스러운 것이 아닐지.

이른 시각이라 그런가, 단지 안으로 들어서니 둘러보는 사람이 나 혼자다. 옛날 전통 가옥을 둘러보고 정자에도 올라가 보았다. 멀리 강이 내려다보인다. 큰 물은 저렇게 잠잠한 걸까. 비록 댐을 세워 비정상적으로 큰 물이 되어버린 곳이지만, 자연 상태에서라면 오래 흐른 물이 아니고서는 저렇게 큰 물이 되지 못했을 것이다.

내 나이 예순 다섯이다. 예순 다섯 해 저 물처럼 흘러왔다면 이제 나도 저만한 물이 되어 잠잠히 흘러가야 하는 것 아닌가 하는 생각이 든다. 아직도 작은 돌멩이 하나에도 속을 허옇게 드러내 보이며 부서지고 있지는 않은지. 지금껏 살아오면서 한 가지 몸으로 깨우친 것이 있다면, 나를 내어주지 않고는 흐를 수 없다는 것이다. 돌멩이에 부딪칠 때에도 그 돌멩이에 맞서는 한 끊임없이 부서지고 막힐 뿐이다. 그때 나를 온전히 내어준다면 비로소 다시 흐르게 되고, 더 아래 자리에서 큰 물이 되어 흐를 수 있게 된다.

물은 낮은 곳을 향하면서 악어에게도 자신을 주고, 물뚱뚱이 하마와 물벼룩에게도 자신을 준다. 밉고 고운 것을 떠나서 아낌없이 자신을 주는 것이다. 그런 물처럼, 자신이 가장 낮은 자이기를 바라면서 겸손과 큰 사랑으로 살다간 사람이 있다. 바로 성 프란치스코가 그분이다. 그는 무소유無所有로 자신을 청정하게 했고, 지극한 청빈의 가벼움으로 하늘에 올랐다. 마치 물이 흘러가다 물안개로 오르듯이 말이다. 그러나 그의 청빈은 물物을 벗어난 물외物外의 일이어서, 물방울보다 훨씬 맑고 가벼웠는지 모른다. 나는 그가 궁극에는 자신이 가장 낮은 자이기를 바라던 바람조차도 버렸을 거라고 생각한다. 그리하여 성 프란치스코는 자신을 철저하게 비운 자가 되었고, 그가 하느님이라고 불렀던 절대와 하나됨을 이루었던 것이다.

—최승호, 〈물을 닮은 사람〉

단지 안에 있는 문화재들을 골고루 둘러보며 사진을 찍는데 시장기가 느껴졌다. 길을 걸으며 식당을 찾아봤지만 눈에 띄지 않아

'만남의 광장'에서 라면과 삶은 달걀을 주문했다. 그런데 단무지는 물컹거리고 컵라면은 짜다. 배가 고파 다 먹긴 했다. 인스턴트 커피도 한 잔 사서 마시고 나니 배는 부른데 왠지 허전하다.

수행자들의 모임에서는 도력이 높은 사람이 주로 요리를 담당한다고 한다. 그것은 먹는 것에 담기는 것이 재료가 지닌 영양가나 맛만이 아니라는 것을 의미하리라. 요리를 하는 사람이 어떤 마음, 어떤 기운을 담았는지는 상당히 중요하다. 그것은 먹는 사람의 몸뿐 아니라 심성에도 영향을 미칠 테니까.

내가 먹은 건 대량 생산된 인스턴트 라면에 단무지에, 누가 먹을지 생각도 않고 만든 커피다. 그러니 그 안에 무슨 기운이 담겨 있겠는가. 배가 불러도 허전한 건 당연한 일일 게다.

청풍명월 거리를 걸어 충주호를 옆에 끼고 걸었다. 지금까지 걸은 길 중 가장 아름다운 곳을 꼽으라면 서슴없이 이곳을 꼽고 싶다. 이곳은 벚꽃이 가장 나중에 피는 곳이어서 벚꽃 구경을 놓친 사람이라면 이곳을 찾는 것도 괜찮을 듯싶다. 어딜 가든 멈춰 서는 곳마다 절경이다. 그 아름다움에 취해서 다리 아픈 줄 모르고 걸었다.

오후 4시, 제천 시내 도착. 날이 흐리더니 비가 온다. 저녁으로 갈비탕 한 그릇 먹고 불가마 사우나로 향했다. 오늘은 여기서 묵을 예정이다. 빗줄기가 더 굵어졌다.

찜질방 현관으로 들어서는데 전화가 왔다. '들꽃풍경' 카페의 향

예순 다섯 해 저 물처럼 흘러왔다면 이제 나도 저만한 물이 되어 잠잠히 흘러가야 하는 것 아닌가 하는 생각이 든다. 아직도 작은 돌멩이 하나에도 속을 허옇게 드러내 보이며 부서지고 있지는 않은지.

아 님이다. 충주에서 나를 만나러 제천으로 오고 있는 중이란다. 고 맙기도 하고 미안하기도 했다. 우리는 만나서 항아 님 차로 충주 시 내에 있는 아담한 절로 향했다. 항아 님 부모님께서 생전에 지으셨 다는데 조용하고 깨끗했다. 항아 님이 피로도 풀 겸 찜질방 사우나 를 가자고 한다. 아닌 게 아니라 부르튼 발바닥을 뜨거운 물에 푹 담그고 싶었는데 잘됐다.

찜질방에 들어서자 항아 님이 때밀이 아줌마를 부른다. 아, 요즘 엔 피부 청결사라고 부른다던데…… 여튼, 나는 지금껏 피부 청결 사에게 몸을 맡겨본 적이 없어서 쑥스러웠다. 마음 편히 있질 못하 고 민망해하고 있어서였을까? 옆으로 누우란 소릴 다 됐다는 소리 로 들어 벌떡 일어나 내려왔더니 아직 안 끝났단다. 멋쩍게 웃으며 다시 올라가 모로 누웠다. 어찌나 세게 문지르는지 살갗이 다 벗겨 지는 줄 알았다. 나더러 어떻게 이렇게 군살이 없느냔다. 평소에도 운동을 하긴 했지만 도보 여행 후 아침 거르기는 보통이고 걸핏하 면 하루에 한 끼씩 먹었으니 뱃살이 쑥 빠졌나보다.

큰며느리와 작은며느리한테서 번갈아 전화가 걸려왔다. 아들만 둘인 나에겐 며느리들이 딸이나 다름없다. 특히 결혼을 반대했던 큰며느리를 지금은 '복뗑이'라고 부른다. 말에도 힘이 있어 계속 되풀이해서 말하면 진짜로 그렇게 되니까 복덩이가 되라는 뜻으로 그렇게 부르는 거다. 그런데 정말로 그 애는 내게 '복뗑이'로 다가 왔다. 그 애도 나에게 "엄마, 엄마" 한다. 얼마 전에는 괜히 울적해서 '복떼이' 랑 전화로 얘기를 나눴다.

"원고는 다 끝났니?"

"네, 엄마! 어제 다 끝마쳤는데 몸살날 것 같아요!"

"아이구, 가까이 있어야 내가 뼈 곰국이라도 끓여줄 텐데……"
(우리 며느린 곰국 종류는 입에도 안 댄다.)

"호호호호호!"(며느리 웃는 소리)

"하하하하하!"(내 웃음소리)

"야! 근데 나 요즘 심심하다."

"왜요?"

" '엄마, 저 속상해요!' 하는 소릴 못 들어서……"

우리 며느리 부부 싸움하면 나한테 전화 걸어서 "엄마! 저 속상해요"로 말문을 열곤 한다.

"아이구 엄마두 참…… 그럼 또 한 건 엮어볼까요?"

"그래라, 한 건 엮어봐라!"(부부 싸움 한 건 만들어보란 소리다. 나 시어머니 맞아?!)

나는 가끔 두 며느리랑 우리 집안의 세 남자 흉을 보기도 한다. 나는 내 남편 흉보고, 두 며느리는 각각 자기들 신랑 흉보면서 깔깔거리는데 그 시간이 그렇게 재밌을 수가 없다. 내가 시아버지 흉을 보면 "어머머, 아버지도 그러셨어요?" "그러~엄!" 이렇게 얘길 하다 보면 스트레스들이 확 풀려서 남편들한테 더 잘한다. 나도 며느리 데리고 남편 흉본 게 미안해서 남편한테 난데없는 아양을 떨기도 한다.

애들이 부부 싸움을 하면 난 무조건 며느리편이다. 결혼하자마자 내가 며느리한테 신신 당부를 했다. 싸워도 절대로 친정 어머니껜 알리지 말라고. 홀로 계신 연세 많으신 친정 어머니께 심려를 끼쳐드리면 안 되겠기에 말이다. 그래서 무슨 일이 있으면 꼭 나에게 전화를 한다.

"아이구, 그 놈이 또 왜 그런다니?"

"또 그러면 그냥 엉덩이를 걷어차 버려."

"미안하다. 내가 겉 낳았지 속 낳았겠냐! 그저 애 하나 기르는 셈 치거라."

"아이구, 내가 너한테 미안하다. '스펄놈' 같으니라구."

이렇게 아들놈 욕을 무지스럽게 해대면 며느리도 울다가 웃기도 하고 좀 누그러지기도 한다. 다음 날이면 "엄마, 죄송해요. 걱정하셨죠? 아무일도 아닌 걸 가지고 그랬어요" 이런 전화가 걸려오기도 한다. 그러면 이렇게 말해 준다. "아니다, 그렇게 말해 버리는 게 낫지. 앞으로도 혼자 삭히지 마라. 오늘 저녁엔 김치찌개 보글보글 끓여서 머리 맞대고 맛있게 먹어라."

에미가 보는 아들이 아무리 착한들 아내가 보는 것과는 다를 게다. 싸웠다는 전화를 받으면 걱정스럽기도 하지만 개성이 다른 두 사람이 만났으니 서로 맞춰 나가려면 겪어야 할 과정이겠지 싶어 걱정을 슬쩍 덮어두기도 한다. 부부가 어떻게 살아가야 할지 세월이 흐르면 알게 되겠지.

오래 전엔 작은며느리가 새벽 3시에 울면서 전화를 했다. 무슨 큰일이라도 난 줄 알고 깜짝 놀랐는데 알고 보니 둘이 싸운 거였다. 이른 새벽에 작은아들네를 가면서 처음엔 "이런 철부지가 있나" 했지만 한편으로는 고맙고 귀엽기도 했다. 그만큼 나를 어려운 시어머니로 생각지 않고 의지할 수 있는 어머니로 생각해 줬다는 얘길 테니 말이다. 그렇잖았으면 친정 엄마한테 일렀을 거다.

작은아들은 형보다 먼저 결혼해서 남매를 뒀다. 한때 작은아들이 저녁에 퇴근만 하면 나가서 술 먹고 늦게 들어오니 며느리 보기 미안해서 아들 욕을 하니까, "그래도 민교 씨 마음이 착해요"라고 말하는 게 아닌가. 때로는 속 깊은 며느리 앞에서 내가 오히려 부끄러울 때가 있다.

시할머니나 시외할머니께도 다들 잘한다. 작은며느리는 영감 회사에서 경리 일을 맡아보고 있는데, 평소에 남편이 착실한 며느리가 들어와 회사 일을 도우면 좋겠다고 입버릇처럼 말하더니 말 그대로 됐다. 작은며느릴 보면 농부가 큰 논에 물 대논 듯 든든하다.

며느리들에게 나는 많은 것을 바라지 않는다. 너무 많은 것을 기

184

대하면 기대에 미치지 못했을 때 실망이 되고 실망이 쌓이면 미워지게 되는 법이니까. 게다가 부담을 주지 않으려 노력하고 산다. 다 같이 바쁘게 사는 세상에 내 생각만 하고 불쑥 찾아가는 일도 삼간다. 미리 연락하고 가능한 날짜와 시간에 맞춰서 만난다.

그리고 우리는 한두 달에 한 번씩은 만나서 서로 서운했던 것들을 얘기한다. 살면서 서운할 일이 왜 없겠는가. 의도했든 안 했든 자신에겐 아무것도 아닌 듯해도 상대에겐 큰 상처가 될 수도 있는 법이다. 그런 것들을 서로 얘기하면서 오해였다면 풀고, 잘못된 배려였다면 수정하고, 몰랐던 것들은 알아가는 시간으로 삼는다. 솔직함과 이해하려는 노력을 잃지 않는 한 고부 갈등이란 없을 것이라 믿는다. 객지에서 외롭던 참에 며느리들 목소릴 들으니 더 반갑고 보고 싶다.

오랜만에 모텔이나 찜질방이 아닌 조용한 절에서 묵으니 심신이 다 편하고 좋다. 항아 님! 고마워요.

걸은 구간: 제천 성암 – 수산 – 청풍 – 금성 – 산곡 – 제천 시내
걸은 시간: 10시간
이동 거리: 40킬로미터
쓴 돈: 청풍문화단지 입장료 1,400원, 라면 등 2,500원, 음료수 · 물 1,100원, 저녁 밥 5,000원,
    절에 시주 30,000원, 모두 40,000원

행복은 누리는 자의 몫이다

4월 7일(수) 제천 시내~평창읍

아침에 눈을 뜨니 여전히 날이 흐리다. 항아 님이 차로 제천까지 데려다주었다. 어제 제천에서 묵으려고 했던 불가마 찜질방 앞에서 헤어졌다. 길가다 보태 쓰라며 여비를 건네준다. 어딜 가든 이렇게 고마운 분들을 만나는 걸 보면 난 참 인복이 많은 것 같다. 우린 짧고 깊게 포옹을 했다. 항아 님이 내 등을 두드려주는데 눈물이 핑 돈다. 헤어짐은 왜 이리 언제나 섭섭할까?

다시 혼자가 되어 평창 가는 길을 찾는데 시내 중심가라서 찾을 수가 없다. 길가는 사람들에게 물어보니 가르쳐주는 사람마다 방향이 다르다. 이럴 땐 택시 기사에게 물어보는 게 낫겠다 싶어 물어보니 평창 가는 82번 도로가 있는 곳을 시원스레 가르쳐준다. 드디어 길을 잡아서 출발한 게 오전 8시, 길 찾느라고 이리저리 30분쯤 헤맸다.

이제는 발바닥의 상처도 다 아물어서 걷기에 지장이 없다. 11시 30분, 영월군 주천면 도착. 그곳에서 미리 약속했던 '들꽃풍경' 회원인 은선 씨네 부부를 만났다. 주천을 지날 때 꼭 연락해 달라고 했었다. 순두부 집에서 고소하고 담백한 순두부로 점심을 함께 한 뒤, 은선 씨랑 영월 섶다리 있는 곳까지 걸었다. 느릿느릿 걷는 걸음 사이사이로 봄볕이 가득 들어찬다. 한적한 길을 걸으며 은선 씨가 결혼 이야기를 들려주었다.

결혼 전 어느 날 은선 씨가 머리가 아프다고 했더니 그날 저녁에 남편이 노란 감국을 반 포대나 따다주었단다. 감국을 베개 속에 넣으면 머리가 아프지 않다면서. 그것을 받아든 순간, 가슴이 쿵! 내려앉았다나? 결혼을 하지 않고 살려고 했는데 그 결심이 무너질 것 같은 예감 때문에 말이다. 지금은 남편이 만들어준 싸리비로 마당을 쓸면 싸리비 자국이 나면서 깨끗해지는 게 좋고, 양지 바른 곳에 손수 만든 장독대와 그 위의 독들을 반들반들 윤나게 닦는 것도 행복하단다.

이들 부부는 영월군 주천면에 폐교를 빌려 비산체험학교를 운영하고 있다. 은선 씨는 꽃 누르미 강사도 하고 여름 단체 손님을 받아 숙박도 치른다고 했다. 꽃 누르미는 말 그대로 '눌러서 말리는

187

꽃'이다. 흔히 압화押花나 프레스플라워Press Flower라고도 부른다. 풀잎이나 꽃을 그대로 말려서 양초나 보석함, 명함, 접시, 편지지, 포장지, 머리핀, 브로치, 병풍 등등에 사용하는 꽃 공예다.

얼핏 생각할 때는 꽃을 함부로 채취해서 자연을 헤치는 데 일조할 것 같지만 그렇지 않다고 한다. 꽃을 채집할 때도 나름의 원칙을 반드시 지키게 되고, 또 꽃에 관심을 갖게 되니 그들의 이름을 알게 되고, 이름을 부르다보면 꽃과 친해지게 되고, 그래서 결국은 자연에 더 관심을 갖게 된단다. 섬세함을 요구하는 일이라 성격도 침착해지고 정서적으로도 안정감을 갖게 되고, 자연 공부와 미술 교육에도 도움이 되고 말이다.

가진 건 별로 없지만 마음이 풍요로운 은선 씨는 행복해 보였다. 어쩌면 더 가질 필요가 없을 만큼 부자인지도 모르겠다.

나도 돌아보면 하루하루 먹고살기 어려웠을 때엔 나에게 필요한 게 그다지 많지 않았다. 점점 경제 사정이 나아지면서 필요한 게 많아졌다. 이것저것에 눈을 돌리게 될 만큼 여유가 있어진 때문이겠지만 사실 돌아보면 낭비도 많이 했고 사치도 부렸다. 어느 날 친구에게 "아무것도 필요하지 않게 살았는데 이제 난 많은 게 필요하게 되었다"고 고백한 적이 있다.

"열심히 일하여 빵을 두 개 가졌다면, 한 개를 남에게 주어버리고 그 빈손으로 수선화를 받아라"는 말이 있다. 나눔의 정신만을

행복이란 누릴 줄 아는 사람의 몫이다. 아무리 많은 걸 지녔어도 누릴 줄 모르는 사람에겐 행복이 없다. 영월 주천면 섶다리에서 만난 은선 씨 부부도 가진 건 별로 없지만 행복을 누릴 줄 아는 풍요로운 사람들이었다.

애기하는 말은 아닐 것이다. 사람에겐 튼튼한 경제 기반만 필요한 것이 아니라 고고한 정신이 있어야 함을 말하는 것이리라.

은선 씨네랑 나와는 비록 나이 차는 많지만 오래 사귄 친구처럼 푸근하고 좋았다. 행복이란 누릴 줄 아는 사람의 몫이다. 아무리 많은 걸 지녔어도 그 행복을 누릴 줄 모르는 사람에겐 행복이 없다. 가진 것 없어도 그 속에서 행복을 찾는 이야말로 행복할 자격이 있는 거다.

젊은 시절, 부엌도 없이 연탄 아궁이만 있는 문간방에서 부엌 살림이라곤 사과 궤짝 하나 달랑 놓고 양재기 네 개, 숟가락 네 개 놓고 살았던 때가 있다. 중문을 들어서야 안채 마당이 나오고, 수도는 거기뿐이어서 빨래를 할 때면 주인 눈치를 봐가며 해야 했다. 어느 일요일, 빨래를 하는데 안채에 세 들어 사는 할머니가 쪽마루에 나앉아서 담배를 빠끔빠끔 피우며 이런다.

"어제 우리 딸네 집에 갔더니 우리 딸이 신랑이 돈 못 벌어온다고 사네 못 사네 하길래 내가 선생님 얘길 하면서 '이런 사람도 사는데 참고 살아라' 했어요."

나는 속으로 웃으며 생각했다. '그래, 내가 사는 게 남에게 위로를 줄 수 있다면 그것도 나쁘지 않구나.' 사실 나는 그 시절 남들이 보는 것만큼 불행하다고 생각하지는 않았다. 물론 그 당시 나는 너무나 많은 빚을 갚아 나가느라 절대 빈곤 속에서 살았다. 전지 크기의 모눈종이에, 가로에는 1982년 1월, 2월, 3월…… 1983년 1월, 2월, 3월…… 이렇게 적고, 세로에는 채권자 이름 홍 아무개, 김 아무개, 이 아무개…… 이렇게 적었다. 매달 월급날이면 빈 봉투 앞에 놓고 갚아나간 칸마다 빚금을 쳐나갔다. 남들은 저축하며 희망을 가지고 행복해할 때 나는 빚금 쳐나가는 기쁨으로 살았다. 내게는 그래도 희망이 있었다! 내가 직장이 있으니 세월이 흐르다 보면 언젠가는 빚을 다 갚을 날이 올 거라는. 더구나 애들은 그 와중에서도 착하고 건강하게 잘 자라주니 내겐 더 바랄 게 없었다.

물론 힘들어 자살을 생각한 때도 있었지만, 마음속에 희망의 싹이 죽은 적은 한 번도 없었다. 남들은 내가 죽지 못해 사는 걸로 알고들 동정했지만, 그야말로 섣부른 동정은 교만이다. 사람이 살아가면서 느끼는 행불행이야말로 개개인의 몫인 거다.

남들이 볼 때 우리 큰아들 부부도 어쩌면 이해 못할지 모른다. 큰아들은 《동아일보》 사진기자로, 며느린 《여성동아》 기자로, 시쳇말로 '잘 나가고' 있었다. 그런데 결혼을 앞두고 둘 다 사표를 낸 뒤, 지금은 세상 곳곳을 누비고 다니며 여행 기사를 쓰고 있다. 그간 여행 책자도 몇 권 냈다. 안정된 직장을 버리고 하고 싶은 일을 하며 살아가는 것이 어디 평탄하기만 하겠는가. 걱정이 되어서 며느리한테 "야, 늬들 쌀 살 돈 있냐?" 하고 농담처럼 물으면 "밥 못해 먹으면 라면 먹으면 돼요" 하며 샐샐거린다. 가끔 라면에 밥 말아먹기도 한다나?

얼마 전에는 이사를 한 뒤 둘이서 집안 페인트칠을 직접 했다. 깔끔하게 정리된 뒤에, 사돈어른이 다니는 교회에서 심방을 다녀 가셨는데, 그때의 일을 아들은 제 블로그에 이렇게 적어두었다.

집안을 둘러보신 목사님이 에어컨도 없고 식탁도 없다며 이 집안 구석구석을 채워달라며 기도를 해주셨다. 그 기도가 물론 물욕이나 탐욕 같은 것이 아니란 건 잘 안다. 참 고마운 마음이 들었다. 하지만 그 기도를 하시는 동안 나는 채우지 말고 비우고 살게 해달라고 기도를 했다. 집안을 채우기보단 초이와의 사랑을 채우고 추억을 채우고 삶을 살찌우고 싶다.

이사를 하고 보니 사고 싶은 것들이 참 많았다. 내가 그랬으니 초이는 오죽했을까. 그런데 그런 물건들을 생각해 보면 내가 살아가는 데 필요한 것들보다는 남들에게 보여주기 위한 것들이 대부분이란 생각이 든다. 식탁은 방바닥에 앉아 먹어도 하등의 지장이 없으니 밥상으로 만족하고, 소파는 없으면 약간 불편하니 값싸되 세련된 걸로 하나 사고, 대신 문화 생활하는 데는 아끼지 않고 팍팍 쓰기. 우리 집 홈씨어터와 음반 등은 어디 내놔도 손색없는 것들이다. 꼭 필요한 데 돈 쓰고 남는 돈으로 실컷은 아니더라도 여행 많이 다니기. 초이와의 계획이다.

애네들은 결혼 예물도 생략했다. 14k 커플링만 하나씩 나눠 꼈고, 함도 이바지도 생략했다. 나도 혼수와 예단을 받지 않았다. 큰 욕심부리지 않고, 자유롭게 살고자 하고, 많이 사랑하고자 하는 아들 부부가 기특하고 이쁘다.

인도에서는 죽어서 가져갈 수 있는 것만을 재산으로 여긴다고 한다. 죽어서 가지고 갈 수 있는 것이 무엇일까? 내생을 믿는 인도인들에는 아마도 '닦인 마음'일 것이다. '죽어서 가져갈 수 있는 것만을 재산으로 여기기'는 무엇을 채우고 살 것인가, 무엇을 행복의 기준으로 삼을 것인가, 무엇을 누리며 살 것인가를 결정하는 데 좋은 기준이 되어준다.

영월 주천면에 있는 섶다리는 사진에서 보는 것보다 훨씬 아름답다. 섶다리 위를 걸어도 보고 사진도 찍었다. 다리 밑으로 흐르는 강물은 맑고 깨끗했다. 싸리비를 매주고 장독대를 만들어주는 남편을 사랑한다는 은선 씨와 섶다리 있는 곳에서 헤어졌다. 오래오래 행복하게 살기를 맘속으로 빌었다.

다시 혼자가 되어 주천에서 평창까지 평창강을 끼고 걸었다. 경치가 아름다워 훗날 남편과 같이 다시 걸어보리라 마음먹었다. 강가엔 동화 속 그림같이 아름다운 민박집들이 많다. 다리가 아파서 어느 민박집에라도 들어가 쉴까 생각했지만 집에 혼자 있는 남편과 나를 기다리고 계실 어머니 생각에 조금 더 걷기로 했다.

욕심을 부린 건지 결과적으로 너무 많이 걸은 셈이 되었다. 오늘 총 48킬로미터를 걸었다. 너무 힘들어서 발을 질질 끌다시피 걸으며 전봇대도 세어보고 지나가는 자동차가 10분 동안에 몇 대나 지나가나 세어보며 아픈 걸 잊어보려고도 했다. 그렇게 해서 해가 다 넘어가 어둑어둑할 때서야 평창에 도착했다.

약국에 들러 발목에 감을 압박 붕대를 사는데 약사가 내 배낭에 매달린 깃발을 보더니 "정말 해남에서 왔느냐"며 깜짝 놀란다. 고개를 절레절레 흔들며 피로 회복제를 그냥 준다.

모텔에 들어가니 목욕탕이 딸려 있다. 그러나 너무 지치고 힘들어 겨우 얼굴과 손발만 씻고 방에 엎드린 채 지도를 펼쳤다. 내가 있는 이곳이 우리 땅 어디쯤인가? 아, 이제 기나긴 종단 길도 거의 끝나간다. 그간 걸어온 길이 꿈만 같다.

걸은 구간 : 제천 시내 – 영월 주천 – 평창읍
걸은 시간 : 12시간
이동 거리 : 48킬로미터
쓴 돈 : 물 2병 2,000원, 우유 · 과자 1,100원, 압박 붕대 2,000원, 저녁 밥 4,000원, 숙박비
　　　30,000원, 모두 39,100원

뱃재고개를 넘으며 "그래, 배 째라"

4월 8일(목) 평창읍~마평 청심대

   친구 일현이 전화에 깼다. 시계를 보니 6시 30분. 텔레비전은 뭐라 뭐라 저 혼자 중얼대고 있고 형광등도 훤히 켜져 있다. 눈을 뜨고서도 한동안 멍하니 누워 있었다. 피로가 덜 풀린 탓일까? 일어나기가 딱 귀찮다. 도보 여행 시작한 뒤로 오늘처럼 피곤해 보긴 처음이다. 억지로 일어나 세수를 하고 8시쯤 모텔을 나섰다. 보통은 새벽의 신선한 공기가 좋아서 일찍 나서기도 했고 왠지 큼큼한 모텔에서 오래 있고 싶지 않아 서두른 면도 있었는데 오늘은 그 큼큼함도 나를 일으켜 세우지를 못한다.

   출발한 지 한 시간도 안 되었는데 또 힘이 든다. 새끼발가락도 다시 아프기 시작이다. 두 시간 가량 지나서 '뱃재'란 이름의 고개를 넘는데 나도 모르게 "그래, 내 배 째라! 더 못 간다" 소리가 절로 나온다. 고개에서 배낭을 내려놓고 한참을 쉬었다.

삼거리 식당에서 10시 반이 지나서야 아침을 먹었다. 입맛도 없어서 절반밖에 먹질 못했다.

이상하게 오늘은 등에 진 배낭만큼이나 마음도 무겁다. 이렇게 무거운 마음과 무거운 배낭으로는 먼길을 걸을 수 없다. 길이란 게 뭔가. 도道 아닌가. 삶의 과정 역시 도에 이르는 길이고. 그렇게 본다면 삶도 마찬가지인 것 같다. 많은 것들을 걸머지고 얼마나 멀리, 얼마나 오랫동안 길(道)을 갈 수 있으랴.

가볍게 살고 싶다. 무엇에도 매이지 않고! 짐인지 살림인지도 모를 것들은 다 정리하고, 괜한 고민들도 다 떨쳐버리고 싶다. 세이노라는 사람이 이런 말을 했다. "무슨 걱정거리가 있건 그것을 종이에 적어보라. 틀림없이 서너 줄에 지나지 않는다. 그 몇 줄 안 되는 문제에 대해 10분 안에 해답이 나오지 않으면 그것은 당신으로서는 해결할 수 있는 문제가 아니다. 그런데도 10분을 당신은 질질 고무줄처럼 늘려가면서 하루를 허비하고 한 달을 죽이고 일년을 망쳐버린다. 사실은 해결 방안도 알고 있으면서 행동에 옮기는 것을 두려워하는 경우가 대부분이다. 고민은 당신의 영혼을 갉아먹는다." 그간 안고 있던 고민들도 이 여행 기간 동안 다 털어낼 수 있길 바라본다.

196

이래야 한다, 저래야 한다는 고정 관념으로부터도 자유로워지고 싶다. 고정 관념이야말로 세상에서 가장 단단한 것이고, 우리를 가장 무겁게 하는 것이다. 이 나이에는 적어도 이렇게 해야 하고, 이 정도 사회적 지위면 몇 평짜리 아파트에서, 얼마짜리 자가용은 굴려야 하고, 나잇값을 하려면 이런 행동은 자제해야 한다는 등등의 '생각'이 우리를 너무나 옥죄고 있다. 맘껏 경험하고 맘껏 행복하기 위해 태어난 인생이 아닌가? 그런데 어쩔 수 없이 받아들여야 하는 주변 여건 때문도 아니고 스스로의 관념 때문에 신나는 경험을 포기할 필요는 없지 않을까?

얼마 전에 청바지를 하나 샀다. 아주 잠시 "이 나이에 청바지를 어떻게……" 하는 생각이 들긴 했지만, 일흔 되기 전에 입어보자는 생각이 들어 과감히(?) 장만했다. '일흔 되기 전에' 이것도 고정 관념의 또 다른 표현이겠지? 바라건대 진정 나이로부터 자유롭기를!

암벽 등반도 해봤다. 산악회 후배들의 도움을 받아 북한산 인수봉을 올랐는데, 꽤나 즐거운 경험이었다. 매끈매끈한 바위 어디에도 붙잡을 데가 없는 듯하지만 자세히 보면 바위 표면엔 틈새나 오톨도톨한 부분이 있게 마련이다. 다섯 손가락에 힘을 주어 콕! 박고는 매달려 올라가는 그 기분! 내려올 때는 더 짜릿짜릿하다.

나는 애들이나 할 것 같은 인터넷 게임도 꽤나 즐겼다. 한동안은

가볍게 살고 싶다. 무엇에도 매이지 않고! 고정 관념이야말로 세상에서 가장 단단한 것이고, 우리를 가장 무겁
게 하는 일이다. 내 나이에 암벽 등반을 하면 안 되는 이유는 전혀 없지 않은가!

중독이 아닌가 의심할 만큼 빠져 지낸 적도 있다. 어느 정도였는지 살짝 얘기를 들려주자면, 손자손녀가 놀러 왔는데 애들더러 일찍 자고 일찍 일어나야 하는 거라고 훈계를 하면서 부랴부랴 서둘러 이부자리를 봐줬다. 그때 손녀딸이 "할머니, 아침형 인간이 성공한대요!" 이러길래, "암, 그렇고 말고. 아이구 이쁜 내 새끼! 쪽! 쪽!" 어쩌구 하면서 강제로 불을 끄고 재웠다. 그러고는 그때부터 게임을 시작한 것이 새벽 2시.

그 다음날, 애들이 늦잠을 자길래 애들 주려고 사다뒀던 쇠고기 양지를 불 위에 얹어놓고 들어와서 또다시 줄기차게 게임! 그런데 아, 어디선가 풍겨오는 '바람직하지 못한' 냄새! 아뿔싸, 총알같이 (표현만 총알이지 사실은 뒤뚱뒤뚱) 주방으로 달려갔더니 새로 산 냄비는 까맣게 그을러 얼룩져 있고, 쇠고기는 숯 검댕이 되어 있는 거다. 눌러붙은 쇠고기 살점 중에서 그래도 몇 점 건져서 미역국을 끓였는데, 맛을 기가 막히게 알아맞히는 아홉 살배기 손자놈이 "할머니, 고기가 탔어요? 맛이 이상해요" 이런다. '에고, 얄미운 놈! 그냥 먹지.'

그러나 그 뒤로 내 게임이 멈추었냐? 아니다. 끝내 나는 내가 즐기던 게임의 최고치인 10만 점을 돌파하고야 말았다. 그날, 컴퓨터에서 울리는 팡파르 소리를 들으며 느꼈던 그 감격, 그 가슴 벅참이라니! 그날이 있기까지 태워버린 냄비며, 손자손녀를 귀찮아해한 거며(하늘이 무섭지!), 오랜만에 걸려온 친구 전화도 건성으로 대답한 거며(미안하다, 친구야!), 팬티 찾아달라는 영감한테 구멍난 건지도 모르고 꺼내준 일이며…… 그러는 사이 내 볼은 움푹 패이고 등은 더 굽고! 10만 점 돌파 기념으로 동생에게 전화를 했을 때 동생이 이랬다.

"언니, 10만 점 돌파가 어려운 게 아니라 그 게임 끊기가 더 어려울 거야. 아마 게임 끊기가 국토 종단보다 더 힘들 걸!"

게임에 빠진 거야 자랑할 일은 아니지만 한 번씩 뭔가에 미쳐보는 것도 나쁘진 않은 것 같다. 미쳐야 미친다! 내가 좋아하는 말 가운데 하나다. 물론 몸 건강, 마음 건강에 보탬이 될 수 있는 것에 미치는 게 훨씬 낫겠지만!

나는 자유롭게 사는 사람들을 보면 반갑고 고맙다. 한 사람이 자유로워진다면 그만큼 이 우주도 자유로워지는 것이고, 그 자유로 인해 행복해지는 만큼 이 우주에도 행복의 기운이 생기는 거니까.

에고! 그나저나 오늘은 고행하는 마음으로 천천히 걸어야겠다. 배낭도, 마음도 여전히 무거우니 어쩔 수 없다. 네팔 갔을 때 내 무거운 짐을 짊어 메고 다녀준 포터가 생각난다. 여행객들의 그 무거운 짐을 지고 가파른 계단과 높은 산을 성큼성큼 오르던 모습이 눈에 선하다. 몇 푼 안 되는 돈을 벌기 위해 단단해진, 훈련된 그들의 근육에서 나는 묘하게도 삶의 경건함을 느꼈던 것 같다. 무엇보다 힘들고 가난한 삶 속에서도 싱싱함을 잃지 않은 웃음은 잊을 수가 없다.

그 중 데꼬마르라는 아이는 지금도 기억에 생생하다. 작은 체구에 무거운 짐을 지고 가면서도 내내 웃으며 우리 일행을 격려했던 아이, 새벽이면 작은 손에 뜨거운 커피 잔을 감싸쥐고 우리에게 전하면서 미소로 아침을 열어줬던 아이다. 그 아이는 포터이기도 하지만 네팔 여행사의 하인이기도 했다. 네팔에는 아직도 신분 제도가 존재한다. 그 사장의 집에 초대받아 갔을 때 데꼬마르는 산에서 우리에게 보여주던 모습과는 달리 조용히 시중만 들고 있었다. 그렇게 성실하고 순박한 아이가 하인의 신분으로 평생을 살아야 할지 모른다는 생각에 가슴이 아팠다.

안나푸르나 트레킹을 마치고 그곳을 떠나는 날, 기념으로 사진 몇 장 찍고 있는데 물건 파는 티베트 여인이 올라와 분위기를 어수선하게 했다. 그 바람에 인사도 제대로 나누지 못했는데, 그때 데꼬마르가 코카콜라 한 병을 스치듯 건네며 지나갔다. 티베트 여인에 대한 안쓰러운 마음에 싼 물건을 하나 사서 겨우 그 여인을 떼어놓고 보니 포터들이 탄 차가 이미 먼지를 풀풀 날리며 산길을 달리고 있었다. 차창 밖으로 불쑥 고개를 내밀고 손을 흔드는 데꼬마르의 얼굴도 보였다.

함께 갔던 일행 중에 누가 사서 돌렸나보다 하고 무심결에 받아

201

들었던 콜라가, 둘러보니 우리 일행 모두의 손에 들려 있었다. 하루 종일 가파른 산을 무거운 짐 지고 오르며 온갖 수발 다 들면서 번 돈 7달러, 그 돈으로 우리에게 건넨 데꼬마르의 마지막 선물이자 정성이었다. 환한 데꼬마르의 얼굴을 생각하며 나도 다시 힘을 내 본다.

얼마나 갔을까, 친구 일현이에게 다시 전화가 왔다. 평창군 신리로 마중을 나오겠단다. 지도를 펴들고 이정표와 대조를 해가며 신리로 향했다. 일현이 만날 생각을 하니 그나마 발걸음에 조금씩 속도가 붙는다. 저만치 일현이네 차가 보인다. 몸도 마음도 힘이 들어서였을까? 더 반가웠다. 일현이가 가지고 온 떡과 음료수를 게걸스럽게 먹어치웠다. 바쁠 텐데 두 내외가 온갖 일들 젖혀두고 와준 게 가슴 벅차도록 고마웠지만 주변머리 없는 난 고맙단 말도 못하고 떡만 자꾸 입안에 밀어 넣었다.

다시 또 마평에서 만나기로 하고 그들은 차로, 나는 걸어서 마평으로 향했다. 진부 방향으로 걸어가다 보니 모릿재터널이 나온다. 지금까지 걸어오면서 꽤 여러 개의 터널을 지났건만 터널은 여전히 무섭다. 부리나케 뛰듯이 걸어 터널을 빠져나오니 내리막길이다. 기운이 없고 발이 아프니까 내리막길이 더 힘들다. 그래도 일현이 만날 생각에 뛰듯이 달려 내려가니 저만치서 손을 흔들고 있는 모습이 보인다.

"참 빨리도 걸어왔네."

일현이의 말에 칭찬받는 어린애처럼 기뻤다. 저 만날 생각에 그렇게 빨리 달려왔음을 알까?

길가에서 얼마 멀지 않은 청심대에 올랐다. 청심대는 조선말 명기 청심이 자신의 절개를 지키기 위해 몸을 던진 곳이란다. 그녀의 넋을 기리기 위해 지어졌다는데 주변 경관이 매우 수려하다. 오랜 세월을 견뎌온 노송이 우거져 있어 풍광이 한결 더 멋스럽다. 카메라에 몇 컷 담았는데 욕심이 앞서서 그랬는지 사진은 여전히 별로다.

진부읍에 있는 유명한 막국수 집에 가서 메밀 부침개과 메밀 막국수를 맛있게 먹고, 횡계에 있는 일현네 아파트에 들어섰다. 내 집같이 편하고 좋다. 일현이 남편이 지도를 펴놓고 내일 갈 길을 자상하게 알려준다. 도와주고 싶고 나누고 싶은 것도 사람의 본능 가운데 하나가 아닐까 하는 생각이 든다. 그렇지 않고서야 이렇게 많은 사람들이 나에게 도움과 나눔을 줄 리가 없지 않은가.

샤워하고 오랜만에 푹 쉬었다.

걸은 구간: 평창읍 - 방림 - 대화 - 신리 - 모릿재 - 마평 청심대
걸은 시간: 9시간 30분
이동 거리: 36킬로미터
쓴 돈: 점심 5,000원, 물 900원, 모두 5,900원

혼자 걷는다는 것

4월 9일(금) 마평 청심대～오대산 상원사

구수한 찌개 냄새에 잠이 깼다. 눈을 뜨고서도 여기가 어딘지 몰라 잠시 몽롱한 기분이었다. 주방에서 들리는 도마 소리가 편하고 좋다. 어렸을 적에 아침에 눈을 뜨면 부엌에서 들려오던 어머니 밥 짓는 소리가 그렇게 편할 수가 없었는데…… 젊음을 함께 보낸 친구가 밥 짓는 소리도 나를 푸근하게 한다.

누군가를 위해 밥을 지어본 사람은 안다. 다듬고 씻고 자르고 무치고 삶고 하는 그 과정 과정에 먹을 사람의 얼굴을 떠올리면서 본인 스스로 순수해진다는 것을. 그 순수를 받는 사람은 그래서 위로가 된다. 사랑받고 있음을 느끼는 것이다. 정성어린 아침상을 대하니 생일날 아침 같다.

이제 아침도 든든히 먹었으니 다시 출발이다! 어제 차를 탔던 청심대로 일현이 남편이 태워다주었다. 일현이는 자꾸 걱정이 되는지 이것저것 당부가 많다. 차가 떠나고 나서 다시 혼자가 되어 배낭을 메니 배낭 무게가 천근만근이다. 기분에만 그런 것 같지가 않아 길가에 배낭을 내려놓고 열어보니 일현이가 나 잠든 사이에 김밥과 떡, 음료수를 잔뜩 넣어두었다. 배낭이 무거워서 그것들을 꺼내서 비닐 봉지에 담아 들고 걸었다.

날씨는 쾌청! 바람은 살랑! 걷기에 딱 좋다. 이번 길 떠난 후, 계속 날씨가 좋았다. 여러 번 비가 오긴 했어도 주로 밤에만 내려서 걷는 데는 별 지장이 없었다. 하루만 비를 맞았으니 하느님이 도우셨다. 쉬다 걷고 쉬다 걷고 하다보니 드디어 월정사로 들어가는 삼거리다. 봄빛은 화창한데 밭에서는 농사일이 한창이다. 한줌 빛이라도 아껴 쓰려는 듯 다들 손놀림이 바쁘다.

지나는 길가 밭에서 밭일을 하고 있는 부부가 보이길래 점심을 같이 먹으려고 손짓해 불렀다. 그런데 뜨악해하며 오지 않는다. 내가 험악하게 생겼나? 먹을 것을 꺼내 보이면서 함께 먹으려고 한다고 하니 그제야 아주머니가 다가온다. 일현이가 해준 점심엔 세상에! 물김치까지 있다. 이러니 안 무거울 수가 있나. 배는 고팠지만 지친 탓에 밥이 잘 먹히질 않았다. 정성껏 준비해 준 일현이에게 너무 미안했지만 아주머니께 드렸다. 아주머니는 감자를 심는 중이

라고 했다. 그곳 감자가 맛있으니 나중에 주문해 먹어 보란다. 그러
마 대답하고 주소를 적어 넣었다.

다시 배낭을 챙겨 메고 출발했다. 드디어 그 유명한 월정사 전나
무 길로 들어섰다. 신발을 벗고 맨발로 걸었다. 발바닥에 닿는 흙의
촉감이 참 좋다. 길옆으로 흐르는 시냇물도 어찌나 맑고 아름다운
지 몇 걸음 가다 서고 가다 서고를 반복하며 걸었다. 그냥 가기 아
쉬워서 길 아래로 내려가 계곡에 발을 담갔다. 뼈가 저리도록 차다.
머리 속까지도 냉기가 들이차는 것 같다.

월정사 경내로 들어서서 두루 살피고 구경을 했다. 차도 마시고
잠깐 쉬기도 할 겸 경내에 있는 전통 찻집으로 들어갔다. 손님이 나
뿐이다. 편한 의자에 앉아 따끈한 칡차를 마시니 참 좋다. 다른 손
님이 없어 주인과 이 얘기 저 얘기 나누던 중에 혼자 등산 왔느냐고
묻기에 국토 종단중이라고 했더니 깜짝 놀란다. 사람마다 놀라는
걸 보면 정말 내가 대단한 용기를 내긴 했나보다.

상원사에서 숙박이 가능할지 물으니 미리 전화를 넣어준다. 그
러고는 가다 먹으라며 얼려둔 찰떡 한 덩이와 과자를 싸주었다. 막
무가내로 싸주는 걸 뿌리칠 수 없어서 고맙게 받아 넣었다. 길옆의
맑은 계곡을 바라보며 먼지 나는 길을 한참동안 걸었다. 어쩌다 차
가 한 대 지나가면 뿌연 먼지를 홈빡 뒤집어써야 했다.

날은 저무는데 상원사는 보이지 않는다. 지친 발걸음을 재촉해

맨발로 걸으며 부드러운 흙과 만난다. 길옆으로 흐르는 시냇가에 앉아 바람과도 만나고 돌멩이와도 만난다. 그리고 물에 발을 담근다. 뼈가 저리도록 차다. 머리 속까지 냉기가 들이치는 것 같다. 아, 좋다.

서 상원사에 도착했을 때는 5시가 훨씬 지나 있었다. 날은 저무는데 행여 내 모습을 보고 재워주지 않으면 어쩌나 싶어 조마조마한 마음으로 종무소를 찾았다.

"그렇게 하세요."

국토 종단중인데 날은 저물고, 하룻밤 묵어갈 수 있겠느냐고 조심스럽게 청했는데 대답은 오히려 간단하다. 미리 전화를 넣어준 덕분인 것 같다. 고마운 마음에 초 값으로 3만 원을 냈다.

안내된 방은 '향 소리' 방. 방바닥이 잘잘 끓는다. 방 안엔 이부자리 외엔 아무것도 없다. 너무 조용해서 문소리 내기도 조심스럽다. 방이 여럿 붙어 있는데 기침소리 하나 들리지 않는다. 빈방은 아닌 듯싶은데 모두들 조용히 무엇을 하고 있는 걸까? 저녁 공양 시간이 되었지만 난 일현이가 싸준 떡으로 요기를 했다. 고소한 참기름 내가 나는 쑥떡 두 개를 먹고 나니 졸음이 온다.

그래도 남편에게 연락을 해주고 자야겠기에 휴대폰을 꺼내들었는데, 불통 지역이다. 힘든 몸을 일으켜 세워 기념품 가게에 가서 공중전화로 연락을 했다. 남편이 내일 이곳으로 오겠단다. 큰일이다.

"오지 마세요. 마음 약해져서 여행 포기하게 될 것 같아요."

"왜 그래요? 걱정도 되고 응원도 할 겸해서 가고 싶은데……"

혼자 떠난 걸 알게 되면 걱정할 텐데, 이 일을 어쩐다?

"그럼, 끝마치는 날에나 와요."

그러나 남편은 굳이 오겠다고 한다. 명개리를 거쳐 구룡령을 넘을 계획이라는 걸 이미 말했으니 어쩔 수 없다. 명개리에서 만나기로 했다. 방이 너무 뜨겁기도 했지만 내일 남편 만날 생각에 잠이 오지 않는다. 절 방에서 이리 뒤척이고 저리 뒤척이다보니 어느 절에 가 있다는 콩이 생각이 난다.

카페 모임방에서 우연히 알게 된 아이 콩이. 그때 콩이는 잡지사 기자로 근무중이었다. 글도 잘 썼고, 마음씨도 착했고, 재능도 있었다. 무엇보다 생각이 올곧아 보여 딸처럼 아끼고 사랑했다. 어느 날 그 아이가 돈 백만 원만 융통해 달라고 어렵사리 말을 건네왔다. 나도 어려운 시절을 살아온 사람이라 남한테 돈 얘기 꺼내기가 얼마나 어려운지 안다. 오죽했으면 그러랴 싶어서 쾌히 빌려줬다.

그후로 어쩐 일인지 연락이 끊겼다. 돈보다도 믿음이 깨져버린 것 같아 섭섭했다. 오랜 시간이 지난 어느 날 전화가 왔다. 콩이였다. 반가운 마음으로 전화를 받았는데, 병원비가 없다며 또 돈을 빌려달라고 했다. 그때는 내 막내 제부가 췌장암 말기 환자로 돈 한 푼이 아쉬울 때였다. 게다가 그동안 아무 소식 없다가 전화했다는 게 다시 돈 이야기라니…… 딱 잘라 거절했다.

그 아이가 내 마음을 조금만 헤아려줬더라면 관계가 이렇게 끝나지는 않았을 텐데 하는 생각이 들었다. 그런데 그 순간, 내 맘 어디선가 "아니"라는 소리가 들려왔다. 정말 우리의 관계가 끝난 것이 콩이가 보여준 태도 때문만이었을까?

미국에 가 있는 친구 숙자와 나는 왜 관계가 끝나지 않았을까? 나 역시 그 친구에게 빚을 갚지 못했는데. 내가 끼니를 굶던 시절, 빚쟁이들에게 시달리다가 빈 속에 작은애를 업고 그 친구를 찾아갔었다. 까맣게 기미 낀 얼굴로 비실비실 찾아간 내게 숙자는 당시 80만 원이라는 거금을 선뜻 건네주었다. 금방 갚겠다고 마음먹었지만 그후로도 살기가 퍽퍽해 갚지 못했다. 친구에게 면목이 없고 괴로웠다. 그런 내 마음을 헤아린 친구가 미국으로 떠나며 말했다.

"너 그 돈 나한테 안 갚아도 돼. 언젠가 네 형편이 풀리면 그때 너도 누군가에게 베풀고 살아."

콩이와 관계가 끝난 데에는 공짜로 받은 것도 공짜로 주지 못하고 살아온 내 삶의 태도도 한몫 한 것이다. 예뻐했던 콩이에 대해 몇 년이 지난 지금도 섭섭해하는 마음을 품고 있었으니……

콩이와 다시 연락이 닿으면 숙자가 해준 말을 그대로 들려주고 싶다. 내가 믿었던 사람, 끝까지 믿어주자고 마음먹으니 부자가 된 듯한 느낌이다. 갑자기 콩이가 보고 싶어진다. 잘 살고 있는지도 궁금하다.

종단 길에서 얻은 것들이 많다. 잊혀졌던 추억도 떠올리게 되고, 감사했던 일에 대해서는 감사 기도를, 화해할 일은 더 깊이 화해하는 기도를 올릴 수 있게 되니 말이다. 혼자 걷는다는 것이 이런 거였나? 살도 빠지지만 마음도 다이어트가 되는 것 같다. 또 있다. 일상의 삶, 특히나 도시의 삶 속에서 오래도록 바라보기 힘든, 해 뜨고 지는 모습을 온몸으로 느껴가며 바라볼 수 있다는 점, 바람 냄새, 흙 냄새, 물 냄새를 민감하게 맡게 된다는 점, 꽃 이파리 하나의 움직임이나 풀벌레 소리도 반가운 벗으로 삼을 수 있다는 점······ '걷기'가 주는 참 아름다운 선물들이다. 적어도 일년에 한 번쯤은 길 위에 이렇게 나를 부려놓고 싶어진다. 철저히 홀로!

아, 종단 길도 이제 거의 끝나간다. 오랜만에 남편을 만난다고 생각하니 감개무량하다. 지도를 펴놓고 보니 볼펜으로 표시된, 지금까지 걸어온 길들이 꿈만 같다. 내일 걸어갈 길도 지도 위에서 더듬어본다. 국립 공원에 속한 산들은 모두 다 출입 통제 기간인데, 내일 오대산을 넘을 수 있을지 걱정이다. 이른 새벽 일찍 넘으면 괜찮을는지······ 산사에서의 밤이 적막 속에 깊어간다.

걸은 구간: 마평 청심대 – 진부 – 오대산 월정사 – 상원사
걸은 시간: 10시간
이동 거리: 32킬로미터
쓴 돈: 절에 시주한 돈 30,000, 전화 카드 10,000, 모두 40,000원

내가 당신한테 뭘 잘못했어?

4월 10일(토) 오대산 상원사~양양 서림

새벽 4시, 상원사를 출발했다. 엊저녁에 봐둔 길을 따라 걷고 있다. 적멸보궁 쪽으로 가는 길이 여간 가파른 게 아니다. 숨을 헐떡이며 땀을 흘려가며 계단을 올랐다. 그렇게 40분쯤 오르니 '용안수'라는 샘물이 보인다. 덮어놓은 뚜껑을 열고 엎드려 바가지로 물을 떠 마셨다. 폐부 속까지 찌르르 할 정도로 시원하다.

올라가며 보니 비로봉 길은 폐쇄되어 있다. 그래도 어딘가 통하는 길이 있겠지 싶어 적멸보궁 뒤로 돌아가 보기도 하고 이곳저곳을 두루 살펴봤지만 올라가는 길이 없다. 막아놓은 곳을 타 넘을까도 생각했는데 차마 그러지 못하고 뒤돌아섰다. 푸른 하늘을 배경으로 한 적멸보궁의 처마가 아름다워 사진을 몇 장 찍고는 다시 상원사 주차장으로 내려왔다. 그곳에서도 명개리 가는 길은 바리케이드가 쳐져 있다. 왔다갔다 안절부절못하다가 진고개 방향으로 갈까 하고 월정사 쪽으로 한 시간 가량을 내려갔다.

그러나 남편이 명개리로 온다고 하지 않았던가! 게다가 난 꼭 구룡령을 넘고 싶었다. 강원도 양양군 백두대간의 구룡령! 다시 되돌아서서 상원사 주차장으로 향했다. 그러다 보니 왕복 두 시간을 그냥 써버렸다.

이른 시각이라 상원사 주차장 매표소엔 직원이 없다. 사정해서 바리케이드를 넘어가려고 했는데…… 가게 주인한테 물어보니 9시나 되어야 나온단다. 조급증이 나서 안절부절못하다 그냥 바리케이드를 넘었다. 그러고는 곧바로 명개리 가는 방향으로 걷기 시작했다. 뒤에서 당장이라도 누가 소리쳐 부를 것만 같아, 숨을 헐떡이면서도 고갯길을 쉬지 않고 올랐다. 가파른 고갯길이 한도 끝도 없이 이어졌다. 길은 외진데다가 비가 내려서 사태가 났는지 돌더미가 허물어져 내리기도 했다. 길인지 아닌지 미심쩍고 불안했다.

산에서 만나는 공포감이 있다. 퇴임하고 나서 나는 매일 새벽 4시 20분이면 부평에 있는 집을 나와 한 시간 거리인 동암까지 걸어가서 만월산을 두 바퀴 돌고 다시 부평까지 걸어 돌아오곤 했다. 하루 세 시간 거리였다.

한 번은 만월산 가까이 갔는데 갑자기 천둥 번개가 치며 비가 쏟

젊은 시절, 어떻게 살아야 할지 고민할 때는 누군가 인생의 표지판을 보여줬으면 했다. 그러나 이제와 돌이켜
보면 아무 표지판도 없다는 것이야말로 하늘이 준 가장 큰 선물이 아닌가 싶다. 선택할 수 있는 무한한 자유를
준 것이니까!

아지기 시작했다. 그러나 이왕 나선 거, 계속 가자 싶어서 올라갔는데 바로 앞에서 벼락이 치면서 나무가 딱! 부러져나갔다. 어찌나 무서운지 정신이 하나도 없었다. 바로 등뒤에서 거친 숨소리가 들리는 듯했고, 뜨거운 입김 같은 게 목덜미를 스치는 것만 같았다. 오래 전에 본 〈13일의 금요일〉 영화 장면까지 떠오르면서 어디선가 도끼가 날아올 것 같은 착각마저 들었다. 그렇게 무서움에 떨며 정상에 오르니 부옇게 날이 밝았다. 하산할 즈음에서야 비가 그쳤다. 산을 거의 다 내려왔을 때, 산에서 종종 만나는 사람들의 목소리가 들렸다. "오늘 같은 날 누가 산에 왔겠어?" 그러다 비를 흠뻑 맞고 내려오는 날 보더니 "아이구 빨치산이 따로 없네!" 하며 놀렸다. 그 뒤로 빨치산이라는 별명이 생겼다.

눈이 많이 내려서 도로가 빙판이 되었던 날도 산에 갔다. 달이 환한 새벽에 산 위에서 아무도 밟지 않은 눈 위에 발로 글씨를 쓰기도 했다. "신정진 사랑해"라고! 우리 영감 이름이 달빛에 푸르게 빛났다. 눈밭에 아예 드러누운 적도 있었는데, 아무도 밟지 않은 눈밭에서 활개를 뻗고 누우니 그것도 기분이 괜찮았다. 눈밭에 뒹구는 할망구도 드물 게다.

나뭇가지에 걸린 별들이 크리스마스 트리처럼 반짝이던 새벽도 잊을 수 없다. 비가 오나 눈이 오나 만 3년을 하루도 빠지지 않고 새벽 산을 다녔다. 새벽에 다녀야 하루 일정에 차질이 없었다. 산을 다니며 무섬증도 많이 없앴는데, 그렇게 다니며 터득한 것이 있다. 무서움도 내 마음속에서 비롯된다는 것! 정말이지 마음먹기 나름이었다.

내가 다니던 산에서 40대 가장이 소나무에 목을 매달아 죽은 일이 생겼다. 그 일이 있은 뒤 새벽 등산객이 절반 이상 줄었다. 그러나 나의 산행은 계속되었다. 손에 묵주를 들고 산을 오르며 그 남자가 목매달아 죽은 곳을 지날 적이면 이렇게 빌었다.

"좀더 참고 사셨으면 좋았을 것을. 부디 좋은 곳으로 가셔서 편히 쉬세요."

두 손 모아 굽신 절하며 지나다보니 하나도 무섭지 않았다. 무서움의 대상으로 보느냐 연민의 대상으로 보느냐에 따라 같은 상황도 완전히 달라지는 것이다.

어쨌든 그렇게 산에 미쳐 다닌 것이 이번 종단에 큰 보탬이 되고 있다. 가파르게 경사진 길을 두 시간 가량 올라갔더니 북대사 이정표가 보인다. 다시 계속 걸으니 홍천 내면 이정표가 나타났다. 정말 반가웠다. 지도상에 나와 있는 곳을 만나니 자못 안심이 된다.

두로령 고갯마루에서 배가 고파서 어제 일현이가 싸줬던 달걀을 꺼냈다. 아, 그런데 달걀마다 작게 접은 종이가 스카치테이프로 붙어 있다. 먹기 편하게 소금을 종이에 싸서 붙여놓은 걸 보니 계란을 먹기도 전에 목이 메인다. 자상하기도 하지. 친구의 정성어린 손길을 느끼며 삶은 달걀 두 개를 맛나게 먹었다.

사람 하나 보이지 않는 명개리 계곡은 혼자 보기 아까울 만큼 아름답다. 급히 내달아 걸으면서도 아름다운 계곡을 카메라에 담았다. 그렇게 해서 명개리 매표소에 도착한 것이 오전 11시 20분.

매표소 직원과 눈이 딱 마주쳤다. 뜨끔했다. 출입 통제 구역을 걸어왔으니. 그런데 직원이 혹시 상원사에서 오는 거냐고 물으며 쪽지를 건네준다. 받아보니 반가운 남편 글씨다. 차 타이어가 펑크 나서 속초에 가서 고친 뒤 구룡령에서 기다리겠다는 내용이다. 국토 종단하는 할머니가 놀라워서였는지 아니면 자그마한 할머니라고 봐준 건지 통제 구역을 무단으로 들어섰는데도 직원은 아무 말 않고 빨리 가보시라며 웃었다. 나도 안심이 된데다 남편 소식을 듣게 되니 힘이 솟았다. 남편 글씨만 봤는데도 괜히 눈물이 난다. 남편의 쪽지를 손에 들고 걸으며 보고 또 봤다. 쉴 짬도 없이 걸음을 재촉해서 구룡령으로 향했다.

날씨는 덥고 아스팔트 바닥은 뜨거운데 병에 든 물도 바닥이 났다. 입술은 타고 목도 마르다. 새벽 4시부터 걷기 시작해 6시간을 넘게 걸어온데다 다시 구룡령을 넘으려니 지칠 대로 지친다. 그래도 구룡령에 가면 남편을 만날 수 있으니 기운을 내자! 몇 개의 산구비를 지나 고개 마루턱에 다다랐을 즈음, 차 한 대가 보인다. 이내 차 문이 열리더니 남편이 내린다. 손을 흔들며 한 발짝 한 발짝

다가가니 남편이 달려 내려와 눈을 휘둥그레 뜨며 묻는다.

"왜 혼자야?"

"처음부터 저 혼자 떠났어요."

말이 땅에 떨어지기도 전에 남편이 날 와락 끌어안더니 "여보! 내가 당신한테 뭘 잘못했는데 이런 짓을 한 거야?" 하면서 눈물을 펑펑 쏟으며 우는 게 아닌가. 나도 같이 울었다. 늙은 부부가 서로 부여안은 채 우는 모습을 누가 봤더라면 진풍경이었으리라. 남편은 내 얼굴을 들여다보고는 끌어안고, 다시 들여다보다가 끌어안기를 몇 번이나 되풀이하며 눈물을 흘렸다. 남편은 저 멀리서 웬 조그맣고 초췌한 할머니가 올라오길래 이 동네 노인인 줄 알았단다. 그런데 점점 가까이 오는 얼굴을 보니 웬걸!

내가 한 걸음도 차를 타지 않는다는 걸 아는 남편은 차를 타고 먼저 올라가서 구룡령 휴게소에 차를 두고는 다시 걸어 내려와 내 손을 잡고 함께 걸어 올라갔다. 휴게소 음식점에서 비빔밥 한 그릇을 게걸스럽게 비워내는 나를 남편은 안쓰러운 눈길로 바라본다. 점심을 먹고 나서 남편은 차를 저만치 갖다두고 다시 올라와서 함께 걷고, 내가 차가 있는 데까지 다다르면 다시 차를 저만치 갖다두고 다시 또 와서 같이 걷고, 그렇게 해서 서림까지 함께 했다. 몇 시간 걷자 남편은 발바닥이 부르터서 절뚝였다.

서림에서 우린 차를 타고 양양까지 나가서 낙산호텔에 들었다.

바다가 환히 내다뵈는 전망 좋은 방이다. 꿈을 꾸고 있는 것 같다. 저녁으로 회를 먹었는데 남편은 연신 회를 집어서 내 앞에다 놓아주었다. 걸핏하면 건빵 몇 알로 끼니를 때우던 나였지만 그런 진수성찬 앞에서 이상하게도 별로 구미가 당기지 않는다. 남편을 만난 감격이 가슴 그득히 차올라서였을까?

방에 들어가 오랜만에 푹신한 침대에 누우니 몸이 살살 녹는 것 같다. 남편이 곁에 있으니 마음까지 편하고 든든하다. 그러나 밖에서 밤새 폭죽 터뜨리는 소리가 나는 통에 잠을 좀 설쳤다. 잠결에도 몇 번이나 남편이 베개를 바로 받쳐주고 이불깃을 여며주는 것이 느껴졌다.

걸은 구간: 오대산 상원사 – 적멸보궁 – 두로령 – 명개리 – 구룡령 – 양양 서림
걸은 시간: 13시간
이동 거리: 52킬로미터(왕복 두 시간 걸은 것 포함)
쓴 돈: 물 1,000원, 칡즙 1,000원, 모두 2,000원(남편을 만나서 별로 지출이 없었음)

오늘은 내 남은 인생의 첫날

4월 11일(일) 양양 서림~고성 봉포

바닷가 식당에서 아침으로 전복죽을 시켜 먹었다. 지금까지 먹어본 전복죽 중에 가장 맛있었다. 계산을 하는데 보니 일인분에 2만 원이다. 너무 비싸다는 생각이 들었지만 20여 일 동안 굶기를 밥먹듯 했으니 그만큼은 나한테 써도 된다고 생각하기로 했다. 더구나 모처럼만에 남편과 먹는 아침이니까.

식당을 나와 어제 차를 탄 지점인 서림까지 가서 차에서 내렸다. 남편은 나를 내려주며 마음은 같이 있고 싶지만 회사에 일이 있어 가야 한다며 내일 다시 오겠다고 한다. 통일전망대에 도착하는 날이나 오라고 했지만 아마 듣지 않을 거다. 남편이 내일 오마 하고 창 밖으로 손을 흔들어주고 가는데 그새 마음이 약해졌는지 마주 손을 흔들며 또 울었다.

다시 혼자가 되어 걷는데 남편이 되돌아왔다. 호텔에다 지갑을 두고 왔다는 거다. 남편 건망증도 나랑 막상막하다. 나는 평소에 정신이 너무 없어서 실수 연발이다. 한번은 병원에 차를 갖고 갔는데 진료받고 나오다가 택시가 와서 냅름 택시 타고 온 적도 있다. 차는 병원 주차장에다 두고 말이다. 다시 택시 타고 병원에 가서 버려진 듯이 있는 내 차를 타고 왔는데 생각해 보니 이번엔 처방전을 안 가지고 온 거다. 어디 그뿐인가.

블로그에 올린 글을 그대로 옮겨본다. 제목은 "아, 나 치매 걸린 게벼!"

오나침에 우라저씨가 헬스장까지 태워다 준다길래 같이 엘리베이터를 탔다. 그런데 우라저씨가 핸드폰을 두고 나왔다고 했다. 그래서 내가 차 빼는 동안 핸드폰 갖다준다고 하고는 부리나케 다시 올라가서 우렁감 핸드폰을 갖고 내려갔다.

잽싸게 차에 올라타고는 재잘재잘 떠들다가 헬스장 앞에 내렸다. 차가 막 떠나는 순간, 어머! 핸드폰!! 그래서 얼른 핸드폰으로 전화를 했겠다. 아, 내 주머니 속에서 울리는 영감 핸폰 소리. 저만치 신호 대기로 섰는 차를 향해서 냅다 달렸지만 신호가 바뀌고 차는 걍 떠났다.

하는 수 없이 헬스 클럽으로 갔다. 신발을 벗어서 신장에 넣는 순간, 에메메~ 한 짝은 하와이에 가서 사 신은 '사스 샌들'이고 또 한 짝은 투박스럽게 생긴 '르까프 샌들'이다. 운동 끝나고 집에 오는데 짝짝이 샌들이 영 신경 쓰여서 걸음을 빨리 해서 오는데, 내 그럴 줄 알았다! 옛날 학부형을 길에서 만날 게 뭐람. 그 엄마 또 에지간히 입발이 세서 얘기가 끝나질 않았다. 그러다 드뎌 그 엄마 눈길이 내 발에 가 닿았다.

"헤헤헤~! 내가 신발을 짝짝이로 신고 나왔지 뭐예요."

그 엄마 한참이나 깔깔대고 웃었다. 이른 아침부터 웬 망신살이람! 그나저나 이게 치매가 아닌가 몰러.

또 다른 글 한 편!

날씨가 좀 써늘해진 것 같길래 출근하는 영감한테 지난해에 샀던 까만 커플티를 꺼내 입혔다.(늙었다고 커플티 못 입나 뭐?) 아! 그런데 까만 바지에다가 꼭 끼는 까만 티셔츠를 입은 우렁감을 보니까 마치 잠수부 같다. 몸통은 까만 껍질로 싼 소시지 같았다.

"어머머! 당신 이렇게 살이 쪘어요? 클났다. 그러게 내가 간식 좀 그만 드시랬잖아요? 쯧쯧. 그냥 입어야지 어떻게 해요. 그 비싼 걸 …… 걍 입고 나가요!"

222

마누라가 쪽 째진 눈으로 째려봤더니만 영감은 내키지 않는 뜨악한 표정으로 배가 뽈록하니 드러난 티셔츠를 입고 나갔다. 아! 그런데…… 나가고 나서 보니까 사이즈 100이라고 씌인 티셔츠가 있는 게 아닌가!! 아니 그럼? 내 걸 영감한테 입혀 내보낸 거였다. 아! 가여운 우리 영감! 회사 직원들이 배가 빵빵하게 나온 우리 영감보고 웃지나 않을랑가? 잠수부 같은 우리 영감 상상하니…… 캬캬캬캬 ~ 아구 배 아파라. 눈물나게 웃는 중이다!

그뿐이랴, 김장 다 담가놓고 냉장고 정리하다보니 김치에 넣으려고 빻아놓은 마늘이 "나, 여깄어요!" 하고 앉아 있는 거다. 하는 수 없이 이미 담근 김치를 다 꺼내다가 한 포기 한 포기 들춰가며 마늘을 바른 일도 있다. 또 리필용 트리오를 용기에 옮겨 담다가 넘쳐흐른 것을 그릇에다 담아놨는데 다른 일 하고 나서 밥 한술 비벼 먹으려다 깜빡하고는 거기에 밥을 비벼 먹었다. 그날 저녁, 남편이 "그럼, 당신 방귀 뀌면 비누 풍선이 만들어지는 거 아냐?" 해서 한참 웃은 일도 있다. 심지어는 주례하러 결혼식장에 가는 남편의 바지를 정성껏 다린다고 다렸는데, 남편 다녀와서 하는 말이 "아니, 당신 왜 바지를 이렇게 다린 거야?" "왜요?" 하고 나서 보니 왼쪽 가랑이를 앞쪽만 다리고 뒤쪽은 안 다린 거였다.

나의 실수담은 정말이지 끝이 없다. 그야말로 무슨 일이 '안나'

면 '안나' 가 아닐 정도다. 그런데 이제 남편도 내 뒤를 바짝 추월한다. 천생배필이다!

잠시 후, 남편이 지갑을 찾아 가지고 와서는 차를 멈추더니 나더러 잠깐 타란다. 옆자리에 앉으니 "내일 올 테니까 차 조심하고 걸어" 하며 내 손을 어루만진다. 내가 지금까지 얼마나 먼 길을 혼자 걸어왔는데 거의 다 온 나를 저리 걱정하나 싶어서 웃음이 난다. 어린애 떼어놓고 길 떠나는 엄마처럼 차마 떠나질 못하는 남편을 두고 차에서 내렸다.

남편이 떠나고 양양 방향으로 걷는데 어제 저녁 폭죽소리에 잠을 설친 탓인지 피곤하고 졸려서 눈이 저절로 감겼다. 풀밭에 배낭을 내려놓고 잠시 눈을 붙였다.

걷는다는 것은 혼자 앞으로 나아간다는 말이 아니다. 걷는 일이 유아독존을 확인하는 데 그치는 일이라면 의미가 없다. 우리가 발걸음을 떼는 순간, 이 세계는 우리의 걷기에 동참한다. 풍경은 우리가 떠나온 곳이 궁금해 천천히 뒤로 지나가고, 달빛과 별빛은 하늘에서 내려와 우리를 따라온다. 바람은 귀밑머리를 간질여줄 것이며, 땅은 발바닥을 떠받쳐줄 것이고, 웅덩이는 웅덩이대로, 돌부리는 돌부리대로 유심히 우리의 걷기를 보살펴줄 것이다.

―안도현

풀밭은 걷기에 지친 나를 안아 재워주었다. 흙에서 올라오는 봄의 기운은 자는 내내 나를 부드럽게 어루만져주었다. 길 위에서의 달콤한 잠 맛을 그렇게 한 번 더 봤다.

양양을 지나는데 어제 묵은 낙산호텔이 보인다. 남편과 함께 보낸 시간이 한바탕 꿈만 같다. 일출 모습이 장관이라고 하는 의상대에 들러 바다를 한참이나 내려다보고 이제 홍련암으로 향한다. 홍련암은 낙산사에 딸린 암자로 의상 대사가 도를 통했다고 알려진 곳이다. 가만히 다가가니 서너 명의 보살이 불공을 드릴 뿐 주위는 고요하다.

봉포해수욕장에 이르러 더 이상 가지 못하고 이곳에서 묵기로 했다. 창 밖으로 바다가 훤히 내다보이는 깨끗하고 조용한 2층 방을 얻었다. 주인의 소개로 아리랑반점에 가서 갈비탕 한 그릇을 먹었다. 내가 해남 땅끝마을에서 걸어왔다는 걸 알고 주인 아줌마는 "세상에!" 소리를 연발하더니만 갈비탕에 고기를 가득 넣어준다. 2인분은 족히 될 듯한 양을 다 먹었다. 그런데 계산을 하려니까 두 손을 홰홰 내저으며 받지 않겠단다. 그리고 내일 아침 일찍 밥을 해놓을 테니 먹으러 오란다. 고맙고 기분이 좋아서 음료수 한 상자를 사다드렸다. 작은 성의에도 엄청 고마워하는 아줌마 덕에 내 기분도 덩달아 좋아진다.

여관에 들어오니 친구 현조에게서 전화가 왔다.

하늘이 부르시는 순서는 알 수 없다. 그러니 하루하루 자신에게 솔직하고, 하고 싶은 일들을 하며 후회 없이 살아야 할 일이다. 오늘은 언제나 내 남은 인생의 첫날이다. 오늘 하루도 이렇게 저문다.

"지금 어디야?"

"응. 봉포항이야, 속초 지나서……"

"아유 많이 갔네. 나 지금 지도 펴놓고 너 따라가고 있어!"

친구 현조는 요즘 건강이 안 좋아서 집에서 쉬고 있는데 이번에 내가 국토 종단을 시작한 뒤로 커다란 우리 나라 지도를 펴놓고 매일 전화를 해서 내가 걸어가는 길을 묻고 색연필로 표시하며 눈으로, 마음으로 따라오고 있는 중이다. 어서 건강을 되찾아서 같이 여행을 다닐 수 있으면 좋으련만.

또 한 친구 민자는 한비야 씨가 쓴 책《바람의 딸, 우리 땅에 서다》를 펴놓고 내가 가는 길을 확인하고 있다고 했다. 나 역시 배낭이 무거웠지만 몇 번이나 읽은 한비야 씨의 책을 넣어가지고 왔다. 걷는 것은 나 혼자였지만 내가 걷는 길을 그렇게 함께 하는 친구들이 있었다. 이런 친구들이 있다는 게 얼마나 큰 축복인가!

얼마 전에 친구 네 명이서 함께 횡계로 여행을 했다. 화실 겸해서 쓰고 있는 친구의 아파트로 갔는데 첫날 저녁은 친구가 해준 고추장 불고기에 싱싱한 채소와 함께 배불리 먹고 밤늦게까지 수다를 떨었다. 이튿날, 산책이라도 나가려니 싶었지만 모두 움직이기를 싫어했다. 그냥 온종일 방에만 박혀 있었다. 그 먼 데까지 가서 방에만 있다니…… 그러나 우린 방해받지 않는 우리만의 공간만으로도 행복했다. 쉴새 없이 갖은 음식을 해다 주는 친구 덕에 배가 꺼질 새 없이 먹고 눕고 먹고 눕고를 되풀이했다.

그렇다! 그렇게 쉬고만 싶은 나이가 되어가는 것이다. 앉았다 일어 설 때마다 "아이구구~!" 소리를 내는 친구들을 보며 왠지 슬퍼졌다. 우리가 앞으로 이런 여행을 몇 번이나 더 할 수 있을는지. 한 친구가 이젠 눈도 나빠지고 치아도 부실해지고 관절도 쑤시고 허리도 아프다고 넋두리를 하니까 여기저기서 "나두야! 나도 그래" 하며 반긴다. 아픈 것도 친구가 있으니 좋은가보다. 자글자글 주름이 가득한 친구들 얼굴 위로 인물 좋고 날렵했던 여학생 때의 얼굴들이 겹쳐졌다.

자식들에게 너무 기대지 말자는 얘기부터 죽으면 화장을 해야 한다느니 혼자 사는 법도 연습해 둬야 한다느니 밤이 깊도록 이야기는 끝이 없었다. 2박 3일 동안 아무데도 안 가고 방 안에서만 꼭 박혀 지낸 여행이지만 모두 다 만족했다. 구경도 안 다니고 움직이지도 않는 여행을 즐기는 나이가 된 것일까?

얼마 전에 읽은 이현주 목사님의 책 《지금도 쓸쓸하냐》에 나오는 한 구절이 생각난다. 마음속 스승과 나누는 대화 형식의 책인데 이 목사가 "제 친구가 죽어가고 있습니다. 어떻게 하지요?" 하고 묻자 그의 스승은 이렇게 대답한다. "너는 죽어가고 있지 않느냐?"

그렇다. 슬슬 고장이 나고, 걷고 싶어도 이런 먼 거리를 걸을 수 없게 되어가는 것은 내 친구들만은 아니리라. 더구나 하늘이 부르시는 순서는 알 수 없는 것! 그러니 하루하루 자신에게 솔직하고, 하고 싶은 일들을 하며 후회 없이 살아야 할 일이다. 오늘은 언제나 내 남은 인생의 첫날이다.

오늘 하루도 이렇게 저문다. 파도 소리가 자장가가 되어주었다.

걸은 구간: 양양 서림 – 양양읍 – 낙산사 – 속초 시내 – 고성 봉포
걸은 시간: 11시간
이동 거리: 42킬로미터
쓴 돈: 음료수 등 14,000원, 숙박비 30,000원, 모두 4,4000원

모래성 같은 삶이기에……

4월 12일(월) 고성 봉포~금강산콘도

온종일 바다를 끼고 걷고 있다. 아름다운 송지호를 지날 때는 그
냥 지나치기가 아쉬워 호숫가에 앉아 한참을 바라보았다. 젊은 남
자 하나가 새떼들을 찍으려는지 사진기를 설치해 놓고 마냥 기다
리고 있다. 큰아들 녀석도 사진기를 메고 어딘가에서 열심히 렌즈
를 들여다보고 있을 게다.

사진 작가라는 게 참 한량 같고 팔자 좋아 보였는데 알고 보니
전혀 그렇지 않았다. 을숙도로 새를 찍으러 가서는 숨소리도 내지
못한 채 추위에 덜덜 떨며 온종일 새떼를 기다렸는데 정작 새떼가
날아든 건 일몰 후였다고 한다. 《동아일보》 사진 기자 시절엔 월드
컵 8강 진출의 역사적 순간을 포착하기 위해 고소 공포증이 있는데

도 22층 옥상, 그것도 건물 바깥으로 삐죽 나와 있는 30센티미터 난간에 매달려 경기 종료 시간까지 내내 다리 후들거리며 매달려 있던 때도 있었다. 그 덕에 8강 진출 순간의 한 페이지를 멋진 사진으로 남겨놓게 되긴 했다.

한 번은 히딩크 감독을 취재하는데 북한산 등산을 하며 진행한다고 해서 무거운 사진 장비를 메고 산을 올라가야 했다. 더구나 히딩크 감독의 얼굴을 찍어야 하니 그이보다 앞서 가야 해서 장비 들고 더 빠른 걸음으로 가려다 너무 힘들어 기절하는 줄 알았단다. 그 얘기 들으며 식구들 모두 웃었지만 만날 그렇게 무거운 장비를 메고 다니니 어깨가 성하질 않다.

지금은 프리랜서로 주로 자연 경관을 찍고 다니는데, 사람과 사건을 찍는 것보다 어쩌면 더 힘들 게다. 새떼를 기다리고 있는 저 청년처럼 기다림의 시간을 견디지 않고서는 얻어낼 수 없는 사진들일 테니까. 자연의 모습을 담으며 아들이 더 낮아지고 작아지는 법을 배울 수 있길 바란다.

자기 뜻대로 되지 않는다는 건 어떤 면에선 참 고마운 일이다. 내가 마음먹은 대로 재깍 실행이 된다면 인내하는 마음도, 이루어졌을 때 감사하는 마음도 갖기 힘들 테니까. 새가 날아드는 사진을 찍고 싶다고 해서 그런 생각을 할 때 바로 새가 날아들고, 해가 찬란하게 떠올라야 한다고 생각할 때 해가 그리 떠올라준다면 어찌

될까?

무교회주의자로 함석헌 선생의 친구이기도 했던 김교신 선생이 어느 해 제야除夜에 이런 기도를 올렸다고 한다. "주님, 올 한 해도 제 기도를 들어주셔서 고맙습니다. 그리고, 더 많은 기도를 들어주지 않으셔서 더욱 고맙습니다"라고. 사람들이 저마다 의도한 대로 모든 것이 이루어졌다면, 이 세상이 어떻게 될까? 내가 바라고 기도한 대로 이루어지지 않았지만 돌아보면 내가 계획한 것보다 훨씬 더 정교하고 아름답고 풍성하게 이 우주는 베풀어주기도 한다. 어떤 때는 내가 미처 생각하지 못한 방식으로 깨달음을 선사하기도 한다. 아픔과 고통을 주기도 하지만 그것 역시 받아들이기에 따라서는 나를 키우는 자양분이 되어준다.

아들 생각에 전화를 했더니 내일 통일전망대로 오겠다고 한다. 바쁘면 그만두라고 마음에도 없는 소릴 했다.

아들이 《동아일보》에 사진 기자로 있을 적에는 어딜 가도 깍듯한 대우를 받았다. 어느 날엔 축구장엘 갔는데 경기보다는 사진기자들이 몰려 있는 코너킥에리어 쪽으로 시선이 가면서 기분이 묘했다고 한다. 그렇게 깍듯했던 사람들도 사진 기자라는 타이틀을 떼어버린 지금은 본 체 만 체란다.

이름 뒤에 붙은 타이틀로 평가받는 세상이다. 신문사에 있을 때나 지금이나 사람은 같은 사람이고, 사진 찍는 실력으로 따지자면

야 그 사이에 더 늘면 늘었지 줄지는 않았을 텐데…… 값을 매기는 일은 모든 피조물 중에 오로지 인간만이 하는 짓이다. 꽃들은 자기가 장미라고 해서 더 비싸다고 우기지 않고, 민들레라고 해서 기죽지도 않는데. 그것에도 값을 매기는 것은 인간뿐이다. 그러고 나면 나중엔 그 값이 그것의 가치인 양 되어버리는 세상이다.

세상에 매겨놓은 값에 연연해하지 않고 자신이 원하는 삶을 나이 마흔에 과감히 선택한 아들이 그런 면에선 참 대견하다. 온전히 자기로 살 수 있는 자리에 자기를 놓아두는 일이야말로 얼마나 아름다운가.

네팔에 갔을 때, 화장터에서 한동안 머물며 육신의 마지막 모습이 스러지는 것을 지켜본 적이 있다. 그곳에선 시신을 감쌌던 천이며, 그가 입고 있던 옷들을 강에 버리고, 상주들의 머리칼을 다 밀어버리는 의식을 한 뒤 그 머리칼 역시 강에 그냥 버린다. 상류에서 그것을 버리면 하류에서는 가난한 사람들이 그 옷가지와 천들을 주워가고, 또 그 물에 몸을 씻고, 머리를 감고, 야채를 씻고, 쌀을 씻는다.

죽음이란 어디에 있는가? 그것은 한 호흡간에 있다고 부처님도 말씀하셨다. 죽음을 저만치서 기다리고 있는 어둠의 그림자쯤으로 착각하지만 죽음은 삶의 뒤꽁무니에 찰싹 붙어 따라다니는 것이다. "육신은 초벌구이한 옹기처럼 부서지기 쉽고 마음은 종잡을 수 없어라. 그래도 사람은 자주 오늘 일을 내일로 미루는구나. 죽음이 저를 내려다보며 웃고 있는데"라고 옛날 인도의 한 수행자가 노래한 것처럼 죽음은 오늘도, 이 순간에도 나를 내려다보고 있다.

언제 하늘로 불려갈지 모르는 모래성 같은 삶을 살고 있는 우리가 그 불완전함 위에 무엇을 쌓아올릴 수 있을까 하고 허무하게 생각할 수도 있다. 하지만 그렇기 때문에 우리가 어떻게 살아야 할지 답도 나오는 것 같다. 자기가 살아있음을 느낄 수 있는 일을 순간순간 하고 사는 것, 그것밖에 더 있을까?

타이틀에 매일 필요도 없고, 돈이나 명예에도, 나이에도 매이지 않고 살다가 하늘이 "이제 그만 오라"시면 "네" 하고 미련 없이 갈 수 있는 삶, 그거야말로 잘 사는 삶일 것이다.

오늘은 반암에서 남편을 만나기로 약속한 날이다. 이제 거의 다 온데다가 남편도 온다고 하니 마음이 느긋하고 편하다. 계속 바닷가 절경을 만끽하며 걸었다. 반암에 거의 이르렀을 때, "할머니, 달걀 받으세요!" 하며 귀여운 여자애가 예쁜 그림이 그려진 달걀을 내민다. '아, 오늘이 부활절이구나!' 어제까지도 기억했는데 깜빡 잊었다.

나는 천주교 신자다. 미사 참례도 잘 거르는 엉터리 신자! 그래도 내가 돌아갈 고향처럼 마음은 항상 하느님께 가 있다. 내가 고통받고 살 때 하느님을 참 많이 원망했다. 밤하늘을 올려다보며 "내

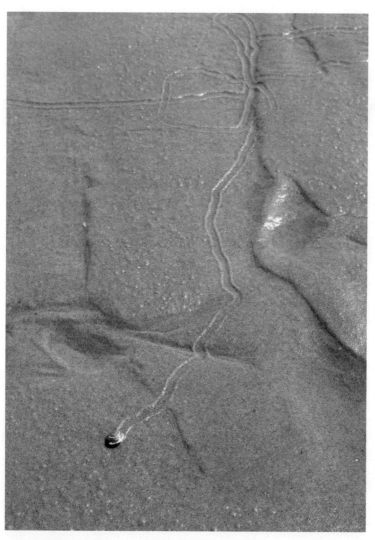

세상에 매겨놓은 값에 연연해하지 않고 자신이 원하는 삶을 선택한 이들에게선 빛이 난다. 온전히 자기로 살 수 있는 자리에 자기를 놓아두는 일이야말로 얼마나 아름다운가.

가 뭘 그렇게 잘못했길래 이런 고통을 주는 거냐"고 삿대질을 한 적도 있다. 작은아들이 뇌막염에 걸려 사경을 헤맬 때는 반대로 하느님께 악착같이 매달렸다. "이 아이를 살려만 주신다면 뭐든지 하겠습니다. 이 아이만 살려주신다면 어떤 고통도 달게 받겠습니다. 이 아이만 살려주신다면…… 살려주신다면……"을 수도 없이 되뇌며 울며 기도했다.

모세가 백성을 이끌고 애굽을 탈출할 때, 하느님께서 베푸신 숱한 기적 앞에 사람들은 경건히 무릎 꿇다가도 조금만 시련이 닥치면 다시 모세를, 하느님을 원망했다. 그들의 모습에서 나는 내 모습을 보았다.

여자애한테 고맙다고 머리를 쓰다듬어 주고 배낭에서 사탕을 꺼내 주었다. 부활절 달걀을 차마 깨뜨려 먹지 못하고 손에 들고 걷는다. 이제와 돌아보면 감사할 것 투성이다. 지금까지 내게 베풀어주신 것들을 어찌 다 헤아릴 수 있으랴! 길을 걸으며 두 손 모아 감사 기도를 드렸다.

솔숲 우거진 바닷가를 걷는데 남편한테서 전화가 왔다. 반암에 거의 다 왔단다. 2시가 되어서 남편을 만나 거진 시내의 식당으로 들어섰다. 돼지갈비를 시켰는데 남편은 고기가 익는 대로 가위로 잘라서 내 앞 접시에 갖다놓는다. 배가 고프기도 했지만, 몸이 뭔가 든든한 것을 원했나보다. 3인분을 먹어치웠다. 그렇게 먹는 모습까지도 남편에겐 안돼 보였던지 더 시켜줄 테니 천천히 먹으란다. 점심을 먹고 나서 남편 차를 타고 다시 반암으로 되돌아가서 걷기 시작했다. 남편은 구룡령에서처럼 차를 저만치 갖다두고 되돌아와서 함께 걷고 다시 차를 갖다두고 되돌아와서 걷기를 반복했다. 그렇게 해서 오후 5시 반에 마차진리의 금강산콘도에 도착!

화려하고 깨끗한 금강산콘도 현관으로 들어서려니까 거지꼴인 내 몰골이 조금은 민망했다. 얼굴은 새까맣게 탄데다 볼은 움푹 꺼져 있어 전쟁터에서 살아나온 난민 같다. 객실로 올라와 아스라이 보이는 수평선과 계속해서 밀려오는 파도를 창가에 서서 바라보았다. 깊은 곳에서 알 수 없는 한숨 같은 것이 새어나왔다.

"여보, 당신 정말 대단해!"

남편이 등뒤에서 어깨에 손을 얹으며 말한다.

"고마워요, 여보! 당신이 보내주지 않았으면 못했을 거예요. 그리고 당신이 혼자 있는 시간, 잘 견뎌준 덕분이에요."

돌아서서 남편 가슴에 얼굴을 묻고 조금 울었다.

저녁은 한식당에 내려가서 모처럼 정식을 시켜 먹었다. 남편과 푹신한 의자에 마주앉아서 제대로 된 식사를 하니까 가슴이 뭉클하다. 남편이 생선 가시를 발라서 내 밥숟가락 위에 놓아주는데도 가슴이 찡해 오고 눈물이 핑 돈다.

저녁에 '들꽃풍경'의 들풍 님에게 전화가 왔다. 내일 통일전망대에 들어갈 때, 군인 한 사람을 대동하고 걸어서 들어가도록 조치를 해놓았다며 도착 시간을 알려달라고 한다. 통일전망대는 들어가려면 출입신고소에 신고를 한 뒤 차를 타고 들어가야 하는 곳이다. 그런 곳을 나는 내 발로 걸어서 들어가다니 흥분으로 가슴이 두근두근댔다.

저녁엔 애들한테서 전화가 왔다. 내일 모두 다 이곳으로 온다고 한다. 친구들도 오겠다며 전화가 왔다. 이제 긴 장정을 마치고 내일 목적지에 도착할 것을 생각하니 잠이 오지 않는다. 밤새 파도 소리를 들으며 뒤척였다.

걸은 구간: 고성 봉포 – 간성 – 반암 – 거진 – 금강산콘도
걸은 시간: 10시간
이동 거리: 41킬로미터
쓴 돈 : 남편 만나서 지출 없었음

살아있는 것은 모두 흔들린다

4월 13일 (화) 금강산콘도~통일전망대

살아있는 것은 흔들리면서

튼튼한 줄기를 얻고

잎은 흔들려서 스스로

살아있는 몸인 것을 증명한다.

바람은 오늘도 분다.

수만의 잎은 제각기

몸을 엮는 하루를 가누고

들판의 슬픔 하나 들판의 고독 하나

들판의 고통 하나도

다른 곳에서 바람에 쓸리며

자기를 헤집고 있다.

피하지 마라

빈 들에 가서 깨닫는 그것

우리가 늘 흔들리고 있음을.

— 오규원, 〈살아있는 것은 흔들리면서〉

23일간 동안 만났던 빈 들…… 그 길을 걸으며 나는 "흔들려서 스스로 살아있는 몸인 것을 증명하는 잎새"처럼 바람에도 흔들리고, 옛 추억에도 흔들리고, 잠시 만났다 헤어진 사람들에도 흔들리고, 전화 한 통에도 흔들리고, 흔들리며 흘린 내 눈물에 또다시 흔들렸다. 그렇게 흔들리며 여기까지 왔다.

새벽 6시에 눈을 뜨니 아침잠이 없는 남편은 벌써 일어나 창가에 서서 바다를 내다보고 있다. 옷을 주섬주섬 챙겨 입고 밖으로 나갔다. 철조망 사이로 일렁이는 푸른 바다가 보인다. 끝간데 없이 푸른 바다가 가슴 그득 차 오른다.

남편 어깨에 기대서서 아무런 생각 없이 바다를 봤다. 편하면서도 허전하고 쓸쓸했다. 이번 길 떠나면서 얼마나 불안하고 겁나고 외로웠는지 모른다. 그런데도 나는 왜 길을 나섰을까? 흔들리며 살아있음을 확인하고 싶어서였을까? 빈 들에서 뭔가를 깨닫고 싶어서였을까?

2천 리 길을 한 발 한 발 걸어오면서 흘린 땀방울, 흘린 눈물방울, 그리고 사라지는 풍경 속에 묻어버린 많은 것들도 이젠 추억이 되겠지. 출발할 때 아들네가 사준 예쁜 주황색 신발이 만신창이가 되었다. 그러나 나는 이 신발을 버릴 수 없을 것 같다.

밖에서 사진을 몇 장 찍은 뒤 남편과 아침을 먹었다. 매일 길을 걸으면서 건빵 몇 개와 치즈 한 장으로 허기를 달랜 날이 많아 그런지 이른 아침에 제대로 차려진 음식은 되레 넘어가지가 않는다.

통일전망대까지는 11킬로미터, 두 시간이면 충분하다. 아침 7시가 좀 넘자 큰아들네와 작은아들네가 모두 도착했다. 품에 달려드는 손자 동건이와 손녀딸 보슬이를 한꺼번에 보듬어 안고 볼을 비벼댔다. 모두들 차를 타고 신고소까지 가기로 하고 두 며느리는 나랑 같이 걷기로 했다. 두 며느리와 같이 걷는 길은 즐거웠다. 며느리들에겐 그 거리도 좀 벅찼을 테지만…… 며느리들 콧잔등에 땀방울이 맺혔다.

오전 10시에 신고소에 도착했다. 사병 한 사람이 나와 있다. 식구들은 차를 타고 전망대로 떠나고, 나는 사병 한 사람을 대동하고 민통선을 걸어 들어가기 시작했다. 철조망 너머로 끝간데 없이 바다가 펼쳐져 있다.

마음이 평온하다. 햇살도 따스하고 바람 한 점 없다. 드디어 통일전망대! 큰아들이 마주 내려오면서 사진을 찍어댄다. 손녀딸이 달려 내려와 내 손을 잡았다. 사병을 대동하고 손녀딸 손을 잡고 개선하는 병사처럼 힘차게 전망대를 향해서 걸어 올라갔다.

친구 일현이 부부와 민자 부부도 멀리서들 왔고, 속초에 사는 애자도 소식을 듣고 화관까지 만들어 가지고 와주었다. 현조는 참석하지 못한다고 꽃다발을 만들어 보내왔다.

꽃다발을 한아름 가슴에 안고 머리엔 화관을 썼다. 눈물은 나오지 않는다. 그냥 담담하고, 많은 사람들 가운데서 쑥스럽고 부끄럽기만 하다. 관광객들이 몰려들었다.

"어머, 땅끝에서 왔대!"

"세상에!"

"저 할머니가?"

별별 소리가 다 들린다. 아들이 만들어온 현수막 앞에서 독사진도 찍고 가족 사진도 찍었다. 많은 사람들이 구경하고 있으니 좀 쑥스럽다. 계속 사진을 찍어대는 속에서 나는 멀리 펼쳐진 바다를 바라보며 알 수 없는 슬픔에 목이 메었다. 통일이 되었더라면 지금도 걷고 있을 텐데, 하는 생각이 들자 착잡한 마음이 든다.

말수가 적은 큰아들은 내게 직접 말하지 않고, 나에 관해 자기의 블로그에 이렇게 적어두었다.

이제 끝낸 거다. 목표한 만큼! 그러나 끝이 어디 있으랴, 길 끝나는 곳에 또 길이 있는 것을. 나는 이제 또다시 배낭을 꾸리리라. 피하지 않고 빈 들에 나를 세워두고 맘껏 흔들리며 살아있음을 느끼기 위해……

저는 요즘 크게 변한 어머니의 모습이 반갑기도 하지만 한편 당혹스럽기도 합니다. 제가 알고 있던 어머니와는 너무 다른 모습이기 때문입니다. 제가 아는 어머니는 지금과는 달리 책읽기를 좋아하고, 서정적인 음악에 눈물을 보이고, 따뜻한 커피 한 잔에 조용한 시간 보내기를 즐기는, 소녀 같은 모습을 지닌 그런 분이었습니다.

그렇게 알고 있었는데 60을 넘기신 나이에 단독 국토 종단에 암벽 등반이라니…… 어머니가 변하신 걸까, 아니면 이제야 자유를 찾으신 걸까, 아니면 두 가지 다일까, 내가 내 어머니를 그렇게 몰랐었던 걸까, 하는 생각에 당혹스럽습니다.

"현모양처라는 미명하에 여성에게 씌워지는 굴레가 한 인간의 본성을 얼마나 가둬두고 굴절시키는 걸까?"라는 페미니스트적 사고도 해보게 됩니다. 어머니는 위대하단 말에 공감하지만 그것이 여성에게 희생을 강요하는 굴레가 된다면 참 서글픈 일인 것 같습니다. 아내인 초이가 굴절된 삶을 살지 않도록 저도 초이를 위해 노력해 보도록 하지요.

그렇다! 나는 많이 변했다. 평생을 삶의 짐에 눌려서 지냈다. 그러나 이제 앞으로는 자유롭게 살아갈 것이다. 남들은 나더러 늦었다고 말하지만 뭐가 늦었단 말인가! 나는 지금이 좋다. 나를 얽매게 하는 게 없고, 거칠 게 없는 나이, 어딜 가서 혼자 머물러도 좋은 나이, 아무 옷이나 편하게 걸쳐도 좋은 나이, 아무도 경계하지 않는 나이, 그래서 더없이 편한 나이…… 내 나이가 나를 얼마나 자유롭고 행복하게 하는지! 나는 지금 내 나이가 참 좋다.

어쨌든, 이제 끝낸 거다. 목표한 만큼! 그렇다. 끝낸 것이다. 그러나 또한 끝나지 않았다. 끝이 어디 있으랴, 길 끝나는 곳에 또 길이 있는 것을…… 나는 이제 또다시 배낭을 꾸리리라. 피하지 않고 빈 들에 나를 세워두고 맘껏 흔들리며 살아있음을 느끼기 위해, 다시 시작하는 거다. 그 시작은 과거라는 무거운 짐을 벗어던지고 가벼운 몸으로 하고 싶다. 과거의 모든 기억을 벗어버리고 털오라기 하나 없는 가벼운 몸으로 엄마의 뱃속을 나와 새로운 삶의 여행을 시작하는 아기처럼. 또한 내일도 염려하지 않을 것이다. 내일에 대한 염려는 등에 진 배낭과 마찬가지로 발길을 무겁게 하리니.

걸은 구간: 금강산콘도 - 통일전망대
걸은 시간: 2시간
이동 거리: 11킬로미터
쓴 돈: 없음

남편과 다시 떠난 국토 종단 길

4월 25일(일)~4월 29일(목)

　국토 종단을 마친 뒤, 남편이 내가 걸은 길을 차로 다시 돌아보자고 했을 때만 해도 난 싫다고 했다. 회사 일도 바쁜데다 칠순인 남편이 그 먼 곳들을 운전하면서 돌아보기는 무리인 듯싶어서였다. 그러나 남편은 내가 걸은 그 길을 꼭 돌아보고 싶은 모양이었다. 마침 내 생일도 다가오고 있었다. 우리 부부는 회갑 잔치도 하지 않았거니와 지금까지 생일이면 둘이서 오붓한 여행을 하는 걸로 대신하곤 했다. 이번 생일에도 여행을 떠날 참이었으니 마침 잘되지 않았느냐며 권하는 바람에 봄빛이 무르익은 날 아침, 여행길에 올랐다.

　국토 종단을 마친 지 13일 만이다. 남편이 운전하는 차를 타고 편안히 앉아 시크릿 가든Secret
Garden의 음악을 들어가며 창
밖에 펼쳐지는 봄 경치를 만끽
하자니 몸도 마음도 호강이라
는 생각이 든다. 바람은 따듯
하고 햇살은 밝다. 푸른 마늘밭은 바다 같고, 바람에 날리는 길가
장다리꽃들은 노란 나비 떼의 한바탕 춤사위 같다. 쉬엄쉬엄 가는
길에 멋진 카페에 들러 차도 마시고, 근사한 레스토랑에 들어가 식
사도 했다.

출발한 첫날 우린 땅끝마을에 도착했다. 숙소는 도보 여행 첫날
밤 땅끝마을에서 큰아들네랑 묵었던 그 모텔로 잡았다. 한 달 전에
내가 이곳에서 하룻밤을 묵었다는 사실이 꿈만 같다. 부탁을 하지
않았는데 아들네랑 묵었던 그 방을 내주었다.

밤에 바닷가에 나가 보았다. 불을 켠 배들이 바다를 지나고 있
다. 젊은 연인들처럼 우리도 팔짱을 끼고 산책을 했다. 하늘엔 별들
이 촘촘히 박혀 있다. 우리를 위해 내려주시는 밤하늘의 축복 같다
는 생각이 들었다. 한 점 의심 없이, 그 축복을 축복으로 받아들인
다. '그래, 괜찮아. 저 축복을 아낌없이 받아도 되는 거야. 하늘은
언제나 우릴 축복해 주고 계셨지만, 우리가 그걸 몰랐거나 애써 밀
어냈을 뿐이야.' 슬그머니 남편의 팔을 내 쪽으로 끌어당겨 본다.

영감은 알까? 내가 왜 이러는지.

　다음날 아침을 먹고 출발해서 간 곳은 월출산 아래 있는 카페 '숲 속의 새 둥지'였다. 지난번 배고프고 지친 몸으로 들렀을 때 신세진 곳이다. 문을 열고 들어서니 첫눈에 나를 알아보고 반겨준다. 잊지 않고 기억해 주니 고맙고 기쁘다. 〈65세…… 국토종단…… "아직도 꿈 많은 소녀지요"〉라는 제목의 내 기사가 실린 《동아일보》와 아들 부부가 쓴 책 한 권을 전했다.

　그곳을 나와 지난번 들르지 못했던 강진의 다산초당과 영랑 생가를 찾았다. 고려청자와 함께 강진의 삼절三絶로 꼽는다는 영랑과 다산 정약용의 체취가 남아 있는 곳. 강진만이 한눈에 내려다보이는 만덕산 기슭에 있는 그곳으로 가는 길은 내내 조용하고 고즈넉했다. 이곳에 머물면서 다산은 그 많은 저서를 쓰고 차 문화를 꽃피웠던 것이다. 귀양살이 속에서도 자신을 갈고 닦는 모습이 눈에 보이는 듯하다.

　영랑 생가는 강진읍 남성리에 있다. 처음엔 생가에 모란이 서너 그루뿐이었는데, 사람들이 모여들기 시작하면서(연인원 10만 명 추정) 모란이 적다는 의견이 많아 700그루를 더 심었다고 한다. 마침 모란이 탐스럽게 피어 있는 시비 앞에서 사진을 찍었다.

　오후부터 비가 내렸다. 운전하는 남편을 흘낏 바라보니 귀밑까지 흰머리다. 네팔에 아들 내외랑 함께 여행 갔을 때 계속해서 앞서 걸어가는 남편에게 뭐라고 했던 일이 떠올랐다. 경치 좋은 곳에서 사진 한 장 함께 찍으려고 보면 남편은 저만치 앞서서 가고 있고, 간식을 좀 나눠주려고 봐도 또 저만큼 혼자 가 있고 했다. 그러다가 정말로 꼭 같이 사진을 찍고 싶었던 푼힐전망대에서조차 남편이 앞서 가는 바람에 사진을 찍지 못했을 땐 너무 화가 났다. 씩씩거리면서 남편을 따라잡아서는 남편 앞에 스틱을 내동댕이치면서 소리쳤다.

"같이 가면 안 돼요? 뭐가 급해서 그렇게 앞서서 가요? 아유! 재미없어!"

남편은 아무 말 없이 멀리 보이는 안나푸르나 영봉만 바라봤다. 그러더니 한참 뒤에 "여보, 미안해! 내가 다리가 아파서 애들한테 피해 줄까봐 몇 걸음이라도 더 가 두려고 그런 거야!"

그 말을 듣는 순간, 난 가슴을 비수로 찔린 듯했다. 지난해까지만 해도 산을 잘 타서 '산 다람쥐'라는 별명이 붙을 정도였던 남편이 이제 다른 사람에게 폐가 될까 걱정하는 몸이 된 거다. 그때 앞서가는 남편의 모습을 뒤에서 사진으로 담으며 울었던 기억이 난다.

귀밑머리 새하얀 남편이 하루종일 운전하는 모양이 안쓰러워 내가 운전을 하겠다고 해도 한사코 직접 하겠단다. 산모롱이를 돌아설 때마다 아득히 보이는 길을 보며 남편은 말한다.

"그러니까 당신이 저 길을 걸었단 말이지? 당신 정말 대단해!"

나도 감개무량했다. 내가 쉬었던 곳, 너무 힘들어서 눈물을 흘렸던 곳, 밥을 사먹었던 식당들을 지나며 남편에게 일일이 설명을 하노라니 걸어온 길들이 꿈만 같다.

둘째 날은 무주에서 묵고, 그 다음날은 평창까지 갔다. 모두 내가 묵었던 곳에서 잠을 잤다. 더 나은 곳도 많았지만 남편은 굳이 내가 묵었던 곳들을 고집했다. 아내가 어떤 길을 걷고 어떤 곳에서 묵었는지 다 들러보고 싶어했다. 때로는 차를 세워놓고 길 위에 내려서서 끝없이 이어진 길들을 보면서 눈물을 글썽이기도 하고 말없이 내 손을 잡아주기도 했다. 남편의 그런 마음을 잘 알 것 같다. 그 먼길을 아내 혼자서 걸은 것이 내내 마음 아픈가보다. "당신 정말 대단한 일을 해냈어!"란 소리를 수도 없이 되뇐다.

평창에서 묵은 다음날은 오대산 월정사에 들렀다. 나 혼자 갔을 땐 마음이 급해 대강 둘러본 월정사를 남편과 같이 꼼꼼히 살펴봤다. 느긋하게 시간 여유를 갖고 보니 그날의 느낌과는 사뭇 다르다. 전통 찻집 아주머니가 나와 있지 않아 섭섭했다. 다시 만나보고 가면 좋을 것을.

월정사에서 상원사까지 가는 길도 막상 차로 올라가 보니 결코 짧은 거리가 아니다. 상원사 가는 길가에 차를 세워놓고 계곡에 내려가 나란히 앉아 발을 담그고 쉬었다. 부부가 이렇게 마주앉아 서로의 눈을 바라본 지가 언제였는지 까마득하다. 늘 바쁜 일상에 쫓

겨 서로 얼굴 맞대고 앉아 대
화다운 대화를 나눠본 적이 별
로 없다는 생각이 들었다. 둘
이 살아갈 날이 얼마나 된다고
그러고 살았을까. 얼마 남지

않은 시간들을 충분하게, 그리고 깊게 우리 둘을 위해 쓰고 싶다.

상원사에서 명개리 방향은 통제를 해서 하는 수 없이 운두령을
넘어 구룡령 길로 들어섰다. 운두령 고갯길은 말 그대로 구절양장
九折羊腸이다. 고갯길을 오르느라 핸들을 꼭 잡고 운전에 집중해 있
는 남편 손 위에 내 손을 포개 얹으며 밑도 끝도 없이 그동안 미안
했노라고 사과를 하고는 배시시 웃었다. 남편도 따라 웃고 만다.

남편은 가끔씩 나를 오볍씨라고 불렀다. 내가 남편에게 후벼파
며 따지는 성질이 있어서 붙여준 별명이다. 이젠 그 별명이 애칭이
되었지만, 남편은 나 때문에도 더 늙었으리라. 그러나 그 끝에서 남
편은 언제나 나를 넉넉한 웃음으로 안아주곤 했다.

어느덧 구룡령 고갯길이다. 우리 부부가 부둥켜안고 울었던 그
곳을 지나려니 자꾸 고개가 뒤로 젖혀진다. 남편도 그날의 감격이
되살아나는지 말 없이 내 손을 잡는다.

우리가 멈춰선 곳은 푸른 바다가 보이는 동해안의 금강산콘도.
방에 들어가 창가 의자에 앉으니 바로 아래가 바다다. 남편 어깨에

머리를 기댄 채 한참 동안 그 아름다운 경치를 바라보았다. 내가 살아온, 그러나 이제는 되돌아갈 수 없는 날들. 참 먼 길을 왔구나 싶은 생각에 목이 메인다.

남편과 함께 다시 돌아본 여행길처럼 내 인생도 되돌아가서 살 수 있다면 나는 과연 어떤 삶을 살까? 알 수 없다. 그러나 그 당시엔 그것이 내가 선택한 최선의 길이었으니 아마 되돌아간대도 비슷한 삶을 살게 되지 않을까? 말없이 함께 바다를 바라보던 남편이 내게 말한다.

"당신, 앞으로도 당신 하고 싶은 일 하면서 살아요. 당신 고생 많이 했으니까 남은 여생 즐기며 살도록 해요. 나도 내년엔 회사일 손 떼고 당신과 같이 여기저기 다닐 생각이에요."

"난 이미 내가 하고 싶은 일 하며 살고 있잖아요. 여보, 고마워요."

그곳에서 하루를 묵고 다음날 우리는 통일전망대를 찾았다. 2천리 길을 걸어서 도착했던 곳. 그 먼길을 걸어 이곳까지 오는 동안 나는 내 발로 내 일기를 땅 위에 꾹꾹 눌러 쓴 거였다!

여행을 마치고 돌아온 며칠 후, 큰며느리가 시집와서 첫 번째 맞는 내 생일에 우리 부부와 작은아들네 식구들을 초대했다. 작은며느리가 생일상을 차려줬을 때도 감격스러웠는데, 이번엔 큰며느리가 차려주는 생일상을 받게 된 것이다. 학교 졸업한 뒤로 계속해서 직장 생활을 했으니 음식 만드는 일이 손에 익지 않았을 텐데도 이것저것 음식을 한 상 그득히 차려내 왔다.

그런데 나를 정말 눈물나게 한 건 며느리가 내놓은 생일 선물이었다. 포장이 된 커다란 액자를 내놓을 때는 무슨 그림인가 했다. 식구들이 모두 궁금해하며 바라보는 가운데 조심조심 포장을 풀었는데, 그 속에서 나온 건 동판으로 새겨 만든 《동아일보》 기사였다. 국토 종단 후 신문에 나간 내 기사를 실물 크기로 동판에 새긴 것이다! 그야말로 영구 보존판이다. 내게는 보물 1호가 되었다. 그런 며느리의 마음씀이 고마워 눈물이 났다. 술 한 잔 마신 남편도 기분이 좋아 옛날 내게 프로포즈할 때 불렀던 세레나데를 다시 불러 한참들 웃게 만들었다.

그래, 이 얼마나 행복한 노년이냐! 돌이켜보면 피눈물 범벅인 내 삶이었지만 이제 나는 행복한 뒤안길로 돌아와 편한 삶을 누리게 되었으니 감사하고 또 감사할 일이다.

이번 국토 종단을 마치고 나니 많은 이들이 전화로, 메일로 격려들을 해주었다. 김순희란 분은 "안나 님의 국토 종단이 아름다웠던 건 '혼자'였기 때문이었나 봅니다. 자신과 대화를 나누며 산등성이를 넘고, 넓은 들판을 홀로 걸으며 깨달은 소중한 것들이 몹시도 부럽습니다. 안나 님 기사를 읽고 나도 모르게 눈물이 주루룩 흘러내렸습니다. 그 나이에 떠날 수 있는 용기가 부러웠고, 그 나이에 '미칠 수 있는 열정'이 부러웠습니다"라고 감동적인 격려 글을 보내왔다.

최용이 님은 "어머님의 용기와 마음에서 얻은 감동을 어떤 말로 표현해야 제대로 표현할지 몰라 한참을 망설였습니다. 한참을 망설여도 마땅한 표현이 떠오르질 않네요. 그냥 눈물이 핑 돌 정도로 아름답다는 말밖에는…… 30대 젊은 나이면서도 세상을 탓하고 나를 게으르게 만들던 저 자신을 부끄럽게 해주신 어머님으로부터

많은 것을 배웠습니다"라고 적어 보내왔다.

이동일이란 분의 이런 글도 있었다. "사람은 마음먹기와 실천하기에 따라 얼마든지 극복할 수 있다는 진리를 보여주셨습니다. 저도 64살인데 국토 종단을 하고 싶었으나 삶이란 멍에에 얽매이고 세월이 나를 놓아주지 않아 실천을 못했는데 이번 황 선생님의 기사에 용기를 얻어 국토 종단에 도전해 볼 생각입니다."

그 외에도 숱한 이들로부터 편지글이 쇄도해 왔다. 미리내 성지에 계신다는 미카엘 수사님도 국토 종단을 하실 계획이라며 여러 가지를 문의해 오셨다. 나의 국토 종단 기사가 나간 뒤 많은 이들이 자극을 받고 용기를 얻은 것은 곧 내가 얻은 것들이기도 했다.

이 일로 좋은 친구도 하나 얻었다. 국토 종단을 한다며 나를 찾

아왔던 61세의 한영자 씨. 종단 내내 너무 힘들어 울기도 많이 울었다는 그녀는 발톱이 다 빠졌노라며 웃었다. 우리는 그후 가끔 통화도 하고 소식도 묻는 친구가 되었다.

무엇보다 종단길에서 내려놓은 내 마음의 많은 짐들. 이제 그것들을 덜어냈으니 더 가볍게 '제2의 인생'을 즐기며 살고 싶다. 아직도 해보고 싶은 일들이 얼마나 많은지 모른다. 아직 걸어보지 않은 길, 올라보지 못한 산도 참으로 많다. 그래서 '우리 땅 바로 걷기' 모임에도 가입했다. 우리 땅을 두루 느껴보고 싶어서다.

해본 일보다 해보고 싶은 일들이 더 많다. 내년 봄엔 저 동해안에서부터 바다를 끼고 남해안을 돌아 서해안으로 올라오는 '해안 따라 걷기'도 할 계획이다. 며느리의 시간이 허락한다면 이번엔 함께 돌아볼 생각이다. 고부간에 같이 걸으면 혼자 걸을 때는 생각지 못했던 것도 얻게 되겠지. 그리고 올 겨울쯤엔 남편과 함께 티베트를 거쳐 인도를 여행할 꿈도 꿔본다. 후후, 꿈이야 뭘 못 꿀라고? 킬리만자로도 빼놓을 수 없지.

내 꿈과 도전엔 마침표가 없다는 말을 다시 한 번 되뇌어본다.

산티의 뿌리회원이 되어
'몸과 마음과 영혼의 평화를 위한 책'을 만들고 나누는 데
함께해 주신 분들께 깊이 감사드립니다.

개인

이슬, 이원태, 최은숙, 노을이, 김인식, 은비, 여랑, 윤석희, 하성주, 김명중, 산나무, 일부, 박은미, 정진용, 최미희, 최종규, 박태웅, 송숙희, 황안나, 최경실, 유재원, 홍윤경, 서화범, 이주영, 오수익, 문경보, 최종진, 여희숙, 조성환, 김영란, 풀꽃, 백수영, 황지숙, 박재신, 염진섭, 이현주, 이재길, 이춘복, 장완, 한명숙, 이세훈, 이종기, 현재연, 문소영, 유귀자, 윤홍용, 김종휘, 이성모, 보리, 문수경, 전장호, 이진, 최애영, 김진회, 백예인, 이강선, 박진규, 이욱현, 최훈동, 이상운, 이산옥, 김진선, 심재한, 안필현, 육성철, 신용우, 곽지희, 전수영, 기숙희, 김명철, 장미경, 정정희, 변승식, 주중식, 이삼기, 홍성관, 이동현, 김혜영, 김진이, 추경희, 해다운, 서곤, 강서진, 이조완, 조영희, 이다겸, 이미경, 김우, 조금자, 김승한, 주승동, 김옥남, 다사, 이영희, 이기주, 오선희, 김아름, 명혜진, 장애리, 한동철, 신우정, 제갈윤혜, 최정순, 문선희

단체/기업

주/김정문알로에 KIM JEONG MOON ALOE CO. LTD. 한경재단 design Vita PN풍년

법인한국가족상담협회·한국가족상담센터 생각과느낌 소아청소년 성인 몸 마음 클리닉

경일신경과ㅣ내과의원 순수피부과 Soonsoo Skin Clinic 월간 풍경소리 FUERZA

이메일로 이름과 전화번호, 주소를 보내주시면 산티의 신간과 각종 행사 안내를 이메일로 받아보실 수 있습니다.

전화 : 02-3143-6360 팩스 : 02-6455-6367
이메일 : shantibooks@naver.com